社長人事

不屈の達磨と社長の椅子

安生 正

ハルキ文庫

角川春樹事務所

序章

東京都　千代田区　富士見一丁目　株式会社ジャパンテックパワー
五月十九日　月曜日　午前八時

赴任初日だから、弓波博之《ゆみなみひろゆき》は早めに出社した。

靖国《やすくに》神社から北へ、九段《くだん》中学の前を通り過ぎて飯田橋《いいだばし》方面に歩いた早稲田《わせだ》通り沿いに建つ15階建てのビルが、ジャパンテックパワーの本社だ。

襟に社章とSDGsのピンバッジをつけ、ハンカチも新品をおろした。いい歳《とし》をして、少しの気後れを感じている。

エントランスで軽く両の拳《こぶし》を握り、弓波は本社ビルを見上げた。

空は低い雨雲で覆われている。

始業時間まで一時間近くあるせいか、1階のロビーも、エレベーターホールも人影はまばらだった。

「おはよう。弓波です」

12階Eゾーンの秘書室に入ると、社長付の望月《もちづき》秘書が「おはようございます。よろしくお願いします」と笑顔で出迎えてくれた。

12階には田中《たなか》社長の執務室と社長専用の応接室、五つの役員会議室、役員食堂、そして秘書室がある。奥の壁に全役員の出退を表示するボードがかけられた秘書室は、オープンスペースをガラスで複数のブースに区切った間取りになっている。担当業務ごとにわけられたブースで、それぞれの室員と秘書たちのデスクが向かい合っている。

弓波博之、53歳。五月十九日付で九州支店総務室長から管理本部秘書室長に異動してきた。月半ばの異動は十五日付が一般的だが、弓波の場合、社長の配慮でキリが良い月曜日に異動するよう命じられた。

秘書室長はなにをするのか。一般的に秘書の仕事は、経営陣や管理職のサポートを行うことだが、ジャパンテックパワーでは社長に限定して、彼の業務を補佐する。社長のスケジュール調整・管理、来客・電話・メール対応、文書作成・管理、社内業務のサポート、各種手配業務などを担当する男女八人の専属秘書がいて、彼らをまとめるのが秘書室長としての弓波の役割だ。

混同しやすいのは、経営企画本部の社長室と経営企画室だ。社長の対外的な業務を企画・調整したり、社長の意思を社内外にアピールする役割を担う社長室は、社長のサポートや経営にかんする助言を行い、『社長の右腕』『社長の補佐役』を務める。一方、経営企画室は、『会社経営のかじ取り役』といわれる部署で、世の中の動向やニーズを分析し、会社の経営方針を決定する役割を担う。

以前の会社も含めて三十年、弓波のサラリーマン人生は管理畑一筋だった。結婚はしているが子供はいない。１７５センチの身長、太っているわけではないけれど、最近は内臓脂肪が気になり始めた。白髪が目立つ角顔に、目の下のたるみが年齢以上に老けたイメージを周囲に与えるかもしれない。見た目だけではない。歩くのも遅くなったし、朝五時には目が覚める。なにより情けないのは、トイレで小水の切れが悪くなったことだ。そして両親の介護問題。

定年を現実の出来事として捉《とら》えるようになった。

東の窓に近いブースが弓波の島だった。自分の机に使い込んだ革鞄《かわかばん》を置く。椅子《いす》の後ろには、支店から宅配便で送った段ボール箱が二つ、積まれていた。

箱から本や文房具を取り出した弓波は、個々を丁寧に机の引き出しに納めていく。

いつのまにか始業時間が迫っていた。

「室長」と望月が声をかけてくる。「九時から取締役会が始まります。早速ですが、役員会議室へお願いします」

彼女の案内でＮゾーンに移動する。エレベーターホールを抜けた先のドアをセキュリティカードで開け、左に折れて廊下を進むと役員会議室がある。

二年ぶりの役員会議室は壁紙も、絨毯《じゅうたん》も、匂《にお》いも、そして室内から漏れ出る緊張感もそのままだった。変わったことは、弓波の側頭部の白髪が増えたこと。

すでに、中央の円卓に十人の取締役が腰かけている。

「おはようございます。九州支店より参りました弓波です」

弓波は立礼を向けた。

十人の取締役とは、事業統括本部長の名取克也《なとりかつや》、代表取締役副社長執行役員。経営企画本部長の木下泰介《きのしたたいすけ》、代表取締役専務執行役員。ビジネスソリューション本部長の加藤睦雄《かとうむつお》、代表取締役専務執行役員。ファイナンシャル本部長の片山二郎《かたやまじろう》、取締役常務執行役員。管理本部長の桑代秀夫《くわしろひでお》、取締役常務執行役員。そして、新井章二《あらいしょうじ》ら五人の社外取締役だ。

弓波が勤める株式会社ジャパンテックパワー、通称JTPは、事業者向けに再生可能エネルギーによる電力の運用・設備・調達を手がける業界二番手の企業だ。資本金は100億円、発行株数1億3000万株、従業員5300人の一部上場企業だ。

『再生可能エネルギー』は、石油・石炭などの燃焼で発生する温室効果ガスが原因の気候変動リスクを解決する重要な鍵《かぎ》で、すでに多くの国々がこの問題に向き合い、特に欧州は再生可能エネルギーの導入に積極的だ。

二〇一一年の東日本大震災で起きた福島第一原子力発電所事故によって深く傷ついた日本の事情は、米国ともドイツともフランスとも異なる。脱原発という十字架を背負いながら、カーボンニュートラルの達成と電力の安定供給を実現させなければならない。

JTPはただの営利企業ではない。大袈裟《おおげさ》に言えば日本の将来を背負って太陽光・風力・バイオマス・地熱・水力などの再生可能エネルギーの発電施設を開発・運営する、エネルギー変革のリーディング・カンパニーの一つだ。運転中・建設中・開発中の事業は、全国270箇所におよび、計900万キロワット（原発一基はおよそ100万キロワット）の目標発電容量を掲げている。

円卓から、「ご苦労様」と声をかけてくれたのは、社外取締役の新井だけだった。

末席に弓波は腰かける。

すると、弓波のあとからもう一人の代取、つまり社長の田中健太郎《けんたろう》が会議室に入ってくる。

名取以下の十人が起立して出迎えると、取締役会が始まった。

議長を務める田中社長が、タブレットを使って段取りよく本日の議題を説明していく。

株主総会に向けた先期の業績、役員人事、今季の業績目標、そして配当などの議案が了承されていく。

取締役たちが、指先で資料のページを送りながらなにやら難しい表情を浮かべている。

議事について、誰《だれ》からも異議や意見は出ない。

田中が会議室内を見回す。

「では、本日の取締役会はこれにて終了します」

「社長。引き続き、事業検討会を行います。小会議室へお願いします」

間髪を容れずに、名取が社長に声をかける。

「今日の案件は」

「北海道倶知安《くっちゃん》沖で計画されている洋上風力のコンセッション事業に参画する件と、知多《ちた》半島での水素発電事業への出資についてです」

事業検討会は社長、事業統括本部長、管理本部長と関係部署の担当者しか出席しない。待機室を挟んだ役員小会議室に移動する途中で、田中が「弓波。君はここで待っていてくれ」と声をかけた。

弓波は待機室のソファに腰かけた。すると、廊下から「失礼します」と両手に書類を抱えた二人の社員が現れた。どうやら、二番目にヒアリングを受ける水素発電事業の担当者らしい。

弓波の正面に腰かけた二人が、小声でヒアリングの予行演習を始める。

「こう説明しようと思うのですが」「それじゃダメだ。もっとメリットを強調しろ」「でも、社長はリスクを知りたがりますよ」

弓波の存在など忘れたのか、二人の打ち合わせに熱が入る。

「この事業のリスクはなにかな。まずそこを、きちんと説明してくれよ」

突然、小会議室から田中の声が抜けてきた。

「初期投資に対する市場の変化で……」

「この事業は入札で落とすんだろ」

「は、はい」

「じゃあ、事業費はこっちで決めることになる。初期投資もくそも、札を入れた金額へのリスクは当社で負わねばならない。君たちは事業の中身を理解できているのかね」

田中の声は穏やかに聞こえるが、その指摘はカミソリのごとく鋭い。

弓波の前に座る二人が凍りついている。

田中の懸念が、ＪＴＰが進める事業の難しさをよく示している。

そもそも、日本におけるエネルギー政策の基本概念は、三つの『E』、安定供給（Energy Security）、経済効率性の向上（Economic Efficiency）、環境への適合（Environment）と、『S』つまり、安全性（Safety）を合わせた『3E＋S』から成り立っている。ところが、そんな崇高な理念にもかかわらず、日本のエネルギー自給率は、二〇二一年でたったの13％程度と、OECD38カ国のうち37位にとどまっている。

あまりにも脆弱な日本のエネルギー事情を踏まえ、政府は二〇三〇年度の国内電源構成で、再生可能エネルギーが占める割合を22～24％（太陽光7％、風力1.7％、水力9％など）に引き上げる方針を打ち出した。あわせて再生可能エネルギーの導入を促進するため、二〇一二年、FIT制度（固定価格買取制度）、つまり、政府が定める期間、電力会社が再生可能エネルギー発電事業者から固定価格で電気を購入する制度を制定した。

発電コストが高い再生可能エネルギーの電力を、一定期間、電力会社が固定価格で買い取ることで、新規発電事業者の経営を安定させることを狙《ねら》った制度だったが、再生可能エネルギー導入量が急拡大したことで、国民負担（電気料金に加算される再エネ賦課金）が膨らみ始めた。そこで、再生可能エネルギーの導入を進めながらも国民の負担を軽減するため、二〇一七年に改正FIT法が施行された。

同法では、不良事業を排除するための新認定制度が制定されたほか、コスト効率が高い再生可能エネルギー事業の実現に向けて入札制度が導入された。

つまり、買取価格を発電事業者自らが「この価格でやります」と入札時に約束するのだ。そうなると、一円でも安い買取価格を示した発電業者が事業認定を得られる。ところがこの種の事業は、地元との合意に手間取って着手が遅れたり、用地取得、発電や給電設備の建設など、多額の先行投資を必要とする。このため、安すぎる買取価格で契約したばかりに、途中で事業が立ち行かなくなって、挙句に会社が倒産するリスクと表裏一体なのだ。

一歩間違えば、奈落《ならく》の底が待ち構えている。

「仕入先、業者との契約でリスクヘッジします」

小会議室から悲壮な声が聞こえた。

「契約でリスクヘッジしようとするのは請ける側も同じ。そんな都合のよいことを言っていると、落札してから事業が頓挫してしまう」

「そうならぬよう契約書を精査します」

「初年度の出資は」

「建設費と借入金利になります」

「売上の予想は」

しばらく、沈黙が抜けてくる。

弓波の正面で、息を潜め、蒼《あお》ざめた二人が生唾《なまつば》を飲み込む。

少し前屈《まえかが》みの姿勢を取って首を伸ばした弓波は、小会議室の様子を窺《うかが》った。

「おい。誰の担当だ。すぐに説明しろ」

名取の声だ。

「はっ、はい。今期は五億円を予想しております」

「利益は」

「今期は厳しいかと」

「それでは話にならないな。一から精査しなおしてくれ」

田中の裁決がくだった。間髪を容れずに「下がれ」という名取の声が追い打ちをかける。

「失礼いたします」

小会議室から駆け出してきた二人の社員が、弓波たちの前を通り過ぎる。

出待ちの二人が目を丸くして、同僚の後ろ姿を追う。

「見たところ、次の案件も同じようだ。時間の無駄だね」

会議を途中で切り上げて部屋から出てきた田中が、「話がある。私の部屋まで来てくれ」と弓波に声をかける。

「承知しました」

田中に続いて会議室から姿を見せた名取の冷たい視線を感じた。

本社の張り詰めた雰囲気。かつて、弓波もこの世界で生きていた。そして、名取に嵌《は》められ、失格者の烙印《らくいん》を押されて九州へ旅立ったのだ。二年が経《た》って戻ってきた。本社の空気はなにも変わっていなかった。

しかめ面の田中に続いた弓波は、Wゾーンにある社長の執務室に入る。

20畳はある室内に建具と造りつけ家具が置かれている。二面採光の角部屋の特徴を活《い》かして、間仕切りはクリアガラス。来客エリア、オフィスエリアともにホワイトマーブルを使って、白を基調とした上質で清潔感のある空間に仕上げられている。

「ゴールも見えないのに、スタートを切ろうとする社員ばかりだよ」

ため息を吐き出しながら、上着をハンガーにかけた田中が、弓波にデスクの対面に座るよう促した。

民間事業者による再生可能エネルギー事業には、対外的にも様々な問題がある。たとえば、政府から事業認可を受けても、発電した電気を電力系統に流すための系統接続枠を確保しなければならない。つまり、送電線や変圧器などの施設を、どう整備するかが問題になるのだが、実態はそのほとんどを大手電力会社から借りることになる。

よって、発電事業者は電力会社と契約することになるが、認定を受けた事業の数が増加したことで、系統接続枠（すでに電力会社が保有している送電、受電能力）の空き容量が減少して、一部の地域では新設案件に充《あ》てられる枠が不足し始めている。つまり、事業認定を受けて発電を始めても、肝心の電気を消費者に供給できない状況が生まれつつあるのだ。

電気が送れなければ、電気代も得られない。事業計画そのものが、絵に描《か》いた餅《もち》になる恐れが出てきている。

「ゴールがないことに気づいてから泣きつく。言い訳まで安っぽい。弓波、社長なんてやってられんぞ」

田中は弓波には本音で喋《しゃべ》る。ＪＴＰが創業されたとき、ある電機メーカーに勤めていた弓波をスカウトしたのが、大手商社の常務からＪＴＰの副社長に招かれた田中だった。以前の会社でも仕事上のつき合いがあった二人は、なぜか馬が合ってよく飲み歩く仲だった。そして田中は、ＪＴＰに招いた弓波を、自身の秘書として使った。弓波もよく田中に仕えた。時が流れ、彼の秘書として五年が経った頃《ころ》、「そろそろ別の部門を経験しろ」と弓波を管理本部に異動させた。

田中が椅子に腰かけた。

「お察しいたします」

「九州はどうだった」

「どうにか、大禍なく過ごせました」

「気持ちの整理はついたか」

「はい」

かつて、名取副社長に逆らって干された弓波を、一旦《いったん》、九州に送ってやり直す機会を与えたのも田中だった。

自分で言うのもなんだけれど、弓波は器用な性格ではない。正義感に溢《あふ》れているわけではないが、理不尽な指示にはてこでも動かない。名取の怒りを買ったのは、二年前の株主総会でコンプラにかかわる指示、つまり議決権行使書の『集計外し』を指示されたからだ。ただ、首を縦に振らなかったことを、今でも後悔していない。

地方の営業所への異動をちらつかせる名取に、「なら、辞めます」と啖呵《たんか》を切った弓波を呼んで、「辞めるかどうかは、二年経ってから考えろ」と田中が諭した。名取になにを頼まれたのか、ぶちまけてもよかった。しかし、そうはしなかった。名取がいまだに副社長でいられるのは、弓波の情けのおかげかどうかはわからない。けれど、貸しはあると思っている。

仕事では切り込みが鋭く、容赦ないというのが周囲の田中への評価だ。しかし、弓波にとっては少し違う。二人きりになったときの田中は冷静で、示唆に富み、温厚だ。もし経営のことを考え、部下が緩まないように、本当の自分を隠してわざと厳しく振る舞っているなら、田中は天才経営者かもしれない。

尊敬という言葉はふさわしくないが、弓波は田中に一目置くとともに、二年前の温情に心から感謝していた。

「そうか。それは良かった。なら頼みたいことがある」

「はい」

弓波は背筋を伸ばした。

「今年の総会までのあいだ、当社は大揺れになる。君は動揺することなく職責を果たせ」

「……と申されますと」

「今、我が社は外資系のファンドから狙われている。ところが、社内が一枚岩になって守りを固められる状態ではない」

一枚岩になっていないのは社内派閥の鍔迫《つばぜ》り合《あ》いと、密《ひそ》かに、しかし確実に存在する何事にも白けた一部の社員が原因としか思えないが、弓波にしてみれば他人事《ひとごと》だった。

「君が先入観を持たないように余計な話はしない。なにが起きているのか、自分で見て、聞いて、なにをすべきか判断しろ」

「私がですか……」

思わず弓波は身構えた。

「一つだけ言っておこう。たいして親しくもないのに、突然、声をかけてくる連中の表と裏を見わけることだ。すぐにニンジンの話をする者、逆に、脅す者は信用できない。他人の苦境をビジネスチャンスに変える連中の手練手管を見破れ」

弓波の戸惑いなどお構いなしに田中の話が続く。

恫喝《どうかつ》、苦境、邪《よこしま》な手練手管。これから一体、なにが起こるというのか。

「しかし。しかし、どうやって見破れば」

「本気で社のことを考えている者、苦境に陥った社を案じる者には迷いが見えるはず」

「迷い……、ですか」

「社に尽くすためには、時として自身の処遇や将来を犠牲にしなければならないこともある。当然迷いはあるはずだ」
さて、と右の掌《てのひら》で軽くデスクを叩《たた》いた田中が立ち上がる。
「あとを頼んだぞ。いいか、なにがあっても絶対に心を折るな」
言うだけ言って満足したのか、田中が一方的に話を切り上げる。
弓波は窓を見た。
大粒の雨がビルの窓を叩き、四隅に結露が浮いている。
いつのまにか、外は五月にしては珍しい大雨になっていた。
ようやく本社へ戻った。正直言って面倒はもう沢山だ。
雨の勢いが強いなら、弓波は道を急ぐことなく雨宿りしてやり過ごしたいと思う。
普通はそうだろう。

1章

(1)

五月二十日　火曜日　午前九時
東京都　千代田区　富士見一丁目　株式会社ジャパンテックパワー

昨日は引継ぎや業務説明で忙殺されたから、一日遅れで弓波は社内の挨拶回《あいさつまわ》りを始めた。管理本部の総務部、経理部、人事部、財務部、事業統括本部、ビジネスソリューション本部、ファイナンシャル本部の順に回る。

「ご無沙汰《ぶさた》しております」「こちらこそ、よろしくお願いいたします」「あっ、そうですか」「…………」

始業直前のオフィスでは、席から立ち上がって弓波を迎える者、座ったまま会釈を返す者、一瞥《いちべつ》だけで弓波の挨拶を受ける者。反応はまちまちだ。

それでも、弓波は低姿勢を貫いた。

サラリーマン社会では、礼を尽くすべき相手か、適当にあしらってもさし支《つか》えない相手なのか、それぞれが品定めするのは当然だ。その判断は、関係のある部署なのか、影響のある役職なのかによって異なる。弓波は左遷先から出戻りした立場だ。一々、腹を立てても仕方ない。

ようやく挨拶回りが終わって、14階にあるファイナンシャル本部の廊下を歩いているとき、内ポケットのスマホが鳴った。

(弓波室長ですか)

「そうですが」

(総務部渉外室の者ですが、実は、ちょっと困ったことに)

周りをはばかる小声だった。

「なんのお話でしょうか」

(電話ではなんですので、渉外室までお願いできますか)

「……今、行きます」

スマホを切った弓波は、早足でエレベーターに乗ると13階の総務部に向かう。Eゾーンの中程にあるドアの向こうが総務部渉外室だ。

総務の執務エリアに入ると、若い室員が待ち構えていた。

「お忙しいのに申し訳ございません。あちらの会議室で室長がお待ちです」

見ると、左奥の会議室のドアが開けられ、照明がついている。

渉外室長が出迎えた。

「弓波です。何事ですか」

「先ほど、東亜出版社から、明日発売の『週刊東京』に、田中社長の後継問題に絡めて社内抗争のスキャンダルと、中国系ファンドとの不透明な関係を記事にする、と連絡が入りました」

「社内抗争？」

「我々にも寝耳に水です」

室長と室員が困った顔を見合わせる。

弓波はスマホで望月を呼んだ。

（望月です）

「社長はいますか」

（今日は終日、外勤の予定です）

「行き先は」

（京浜銀行ほか、いくつか回る予定です）

「明日は」

（新日本商事に出かける予定なのですが、実は……実は今朝、奥様から電話があって、社長が昨夜から戻らないと）

「なんですって」

言葉を失った弓波に、望月が状況を説明してくれた。社長は、昨日の午後三時三十分に外出したままだそうだ。

「……そうですか……わかりました」

弓波は混乱していた。

スマホを胸ポケットに押し込んだ弓波は室長を向いた。

「わが社の対応は」

「弓波さんはどうお考えですか」

「失礼ですが、それは総務の仕事です」

「我々もこんなリスク管理の経験はありません」

「事が起きた以上、それでは済まされない。記者会見の準備が必要では」

「誰《だれ》が会見を開くのですか」

それを決めるのもあなたの仕事だ、と弓波は視線で押し返した。

「原田《はらだ》部長は」

「一つ寄ってから出社します」

「まず総務の方針を決めてください。秘書室がかかわるのはそのあとです」

弓波の素っ気なさに、室長が落胆の表情をみせる。

一度、戻ります、と弓波は総務部渉外室を辞した。

他部のこととはいえ、あまりの不甲斐《ふがい》なさ。

なによりも、弓波にとってはそれどころではない。

弓波は、大急ぎで秘書室に戻る。

「望月さん。社長を呼んでみてください」

「朝からかけています」

「面倒ですが、繋《つな》がるまで諦《あきら》めずにお願いします」

弓波は机の上で組んだ指に顎《あご》をのせた。赴任早々、泣きっ面に蜂《はち》とはこのことだ。なぜ総会を控えたこのタイミングでゴシップ記事が出るのか。

弓波は渉外室長に電話をかけた。

「弓波です。総務は東亜出版社にコネはないのですか」

(残念ながら)

「広報は」

(同じだと思います)

「まったく?」

(お言葉ですが、当社はテレビ、雑誌、新聞に広告を打つことはありません。ですから出版社との関係も希薄です)

「サンヤツ程度の広告も」

(はい。一切ありません)

渉外室にとっては他人事《ひとごと》らしい。なんの糸口も持っていないことを問題だと捉《とら》えられな

しい。

だけ見ていれば仕事が完結する連中には、社外のネットワークの重要性は理解できないら

糸口。この場合、人脈がないなら、手をこまねいているしかないことを意味する。社内

い呑気《のんき》さに呆《あき》れるしかない。

明日発売の『週刊東京』は、印刷などとっくに終わって今頃《いまごろ》は配送に回されているから

発売は止められない。記事のインパクトを最小限にとどめることは、弓波の仕事ではない

けれど、代取が標的にされた以上、どこからネタがリークされたかを突き止めねばならな

い。

なぜなら、リーク記事が繰り返されると、総会でなにが起きるかわからないからだ。議

長を務める田中のために、当日の段取りの確認、各本部長との調整、総務との下打ち合わ

せ、原稿の準備など、滞りなく総会を終えるための業務は山ほどある。

ところが本人が消えた。

今、なにをすべきか。一つだけ、思い当たることがある。

弓波はスマホを取り出した。

午後一時

JTP　12階　管理本部　秘書室

吊《つ》り広告やネットで、明日の『週刊東京』の告知がリリースされた。弓波の予想どおり、スキャンダルの匂《にお》いにマスコミの取材申し込みが殺到する。広報がどう対応しているか報告はない。

それに、忠告はした。

弓波は週刊誌どころではないのだ。田中の予定は二カ月先までびっしり埋まっている。そのリスケをすべきかどうか。特に社外スケジュールについては、田中が消えたことを伝えるべきかも含めて、細心の注意と難しい判断が求められる。机の上には田中の予定表と、アポを入れている取引先の資料が山積みされていた。

電話が鳴る。

相手が社外の人間なら、やはり田中の失踪《しっそう》についてはまだ伏せておきたい。かといって嘘《うそ》はつけない。

電話が鳴るたびに、弓波の体のどこかが強張《こわば》るようになった。

時計を見る。午後一時二十分。

いつのまにか、人と会う約束の時間まで四十分しかない。

「弓波さん。名取副社長がお呼びです」

内線電話を保留に切り換えた望月が弓波を呼ぶ。

立ち上がった弓波は、上着を羽織る。

「出かけたと言ってください。戻ったら連絡させますと」

望月の心配そうな視線に見送られてエレベーターに乗る。社を出て、東西線《とうざい》の飯田橋駅に向かって足早に歩く。昨日の社長の指示は、この事態を知っていたからなのか。そんな疑念が頭の中で渦巻く。大手町《おおてまち》で東西線から千代田《ちよだ》線に乗り換え、日比谷《ひびや》で地下鉄を降りると、丸の内に向かって歩く。

空は曇っていた。

千代田区丸の内三丁目の『スターバックス新東京ビル店』で、マニュアル通りにオーダーを取るカウンターの店員からコーヒーを受け取った弓波は、待ち合わせの相手を探した。店の一番奥で大竹直樹《おおたけなおき》が待っていた。体育教師のような体軀《たいく》に数学の教師を思わせる理知的な顔。弓波の数少ない親友の一人だ。

大竹は弓波の大学の同級生だ。出版業界に就職した大竹は、何度か転職したあと、現在は中堅の『太陽新社《たいようしんしゃ》』に勤務している。

「すまん。突然、呼び出して」弓波は大竹の正面に腰かけた。

「構わん。お前と違って俺《おれ》は暇だ。毎日することもなくて、外を見ながらデスクに座っている。窓際族とはよく言ったものだ」

大竹が笑う。

弓波はコーヒーをすすった。

「隣の芝生は青いというが、生えているのが雑草でもそう思うか。デカイ看板背負っていても、中身がそれにふさわしいかどうかは別だ」

思わず、愚痴が出た。

「どうした。栄転のお祝いを言おうと思っていたのに、くすんでるじゃないか」

「お前の業界のおかげで総会が大荒れになるかもしれんからだ」

「『週刊東京』の記事のことか」

大竹がコーヒーを飲み干した。

「知ってるのか」

「結構、話題になっているよ」

「どうすればいい。総務は大騒ぎだ。止める方法はないのか」

「正直に言っていいか」

「ああ」

「手遅れだ」

「なにも総会を控えたこの時期に、あんな記事を出さなくても」

「挙げられた連中に言え」

「出版社はどこからネタを手に入れる」

「ほとんどはチクリだな」

「嫌な世の中になったな」

少しの間を置いてから、テーブルのカップを脇《わき》へ寄せた弓波は、大竹に顔を寄せた。

「リークした奴《やつ》の名前を聞き出せないか」

「それは無理だ。商売のネタは、絶対にバラさない。それより、この時期にリークした理由が総会にあるなら、その線でお前の社内を探ってみたらどうだ。役員から漏れていることだってありえる」

「俺がか？」

「他に誰がいる。お前の仕事だから、俺を呼び出したんだろ」

大竹の冷静さが、二人の立場と境遇の違いを際立たせる。なぜか、無性に腹が立った。

「異動した早々、こんな事件に巻き込まれる俺の身にもなってくれ」

ふて腐れた弓波は立ち上がった。

同時刻
ＪＴＰ　14階　ファイナンシャル本部長室

樫《かし》の木で造られた重厚なデスクを挟んで、ファイナンシャル本部の片山常務の前に不動産課長の三上《みかみ》は立っていた。

サイドを少し刈り上げて、きちんと髪を七三に整えた三上はこけた頬《ほお》のせいもあって、周りからは神経質な男と思われている。

木目の内装で統一された14階のＷゾーンにある本部長室は、富士山と夕陽《ゆうひ》が一望できる。壁にはレプリカだが、奥村土牛《おくむらとぎゅう》の『富士』がかけられている。ただ、それは片山の趣味ではない。片山に日本画の造詣《ぞうけい》などあるわけがないからだ。

部屋の中央に置かれた本革製のソファではなく、執務机の前にポツンと置かれたパイプ椅子《いす》に三上は座らされた。この部屋に呼ばれるだけで身がすくむ。

小柄で小太り、髪をオールバックにセットした片山の、生え際の後退した額に汗が滲《にじ》んでいる。誰かが、『JTPのアル・カポネ』とあだ名をつけた。

「総務から聞いたか」

「いえ」

「遅い！」

「申し訳ございません」

「明日の週刊誌に我が社のスキャンダルが出るらしい」

「スキャンダルとは」

「後継争いとCGMのことだ」

「また、どうしてこんな時期に」

「こんな時期だからだ」

「ということは、いずれかの派閥によるチクリですか」

「他になにがある。今回の件は名取派の策略ではないか、と俺は疑っている。よい機会だ、不正行為、パワハラ、なんでもいいから彼らのスキャンダルを集めろ。取締役会に告発して潰《つぶ》してやる」

事業統括本部長の名取副社長と、ファイナンシャル本部長の片山常務は激しく社長の椅子を争っていた。理由は社長を三期六年務めた田中が、後継社長に求める条件を一切示さないからだ。名取は「我が社の本流である、事業者向けの電力の運用・設備・調達部門を率いているのは自分だ」と自負し、「多角化が必要とはいえ、本流ではないファイナンシャル関連事業しか経験のない片山が、会社をまとめられるわけがない」と牽制《けんせい》する。

一方の片山は、「年度ごとに収益が不安定な本業の業績を補填《ほてん》しているファイナンシャル部門は、きちんと数字を出して売り上げと利益に貢献しており、文句を言われる筋合いはない。我が社に対するアナリストの高い評価は、自分の功績だ」と反論している。

派閥抗争というスキャンダルが社外にまで知れ渡ることは、すなわち、会社のガバナンスが形骸化《けいがいか》していることを意味する。簡単に言えば、世間に醜態をさらしているのだ。

それでも、ＪＴＰを支えているのは名取と片山だ。

二人の性格は対照的だ。

名取は冷酷で派閥をまとめ、片山は恐怖で派閥を率いる。

なぜ、そんな理不尽を強いられるのに、部下は上司に従うのか。組織という池の中では這《は》い上がるために多くの者がうごめいている。一度、頭上から光を照らされた者は、光の方を向き、光を照らしてくれる者に従う。まるで、『蜘蛛《くも》の糸』のごとく、溺《おぼ》れる者が救いを求めて両手を突き上げるのと同じだ。

忠誠心とは、特急列車に乗るための早い者勝ちのプレミアチケットなのだ。

「難しいですね」

「しっかりしろ」

片山の苛立《いらだ》ちに、三上は俯《うつむ》いた。

「これから戦争するんだよ。ぼーっとしてたら、こっちがやられる。やられる前にやる方法を考えろ」

片山の責めが正面から飛んでくる。三上にかわす術《すべ》はない。

「物言う株主の影がちらついて不穏な時期ですから、対応を一歩間違えばこちらが窮地に立たされます」

「今日まで、何度、名取に苦汁を嘗《な》めさせられてきたと思っているんだ。我々の部が事業統括本部を食うなら今しかない。お前は今のまま日陰の身でいたいのか」

有無を言わさぬ押しつけ。

片山の指示ゆえに背いても、しくじっても干される。

反面、このところくすぶっていた三上にとってチャンスではある。

「わかりました。急いで考えます」

「これから考えますだと。総会までは一カ月ちょっとだ。結果を出す自信がないなら他の仕事を探せ」

ダメ押しにいつもの脅しが飛んで来た。

一礼した三上は部屋を出た。

「片山常務の機嫌が悪い」

ファイナンシャル本部の小会議室に集めた四名の腹心を前に、三上は切り出した。なんの変哲もない狭い会議室は、汗の臭《にお》いで息が詰まりそうだった。

「名取派のスキャンダルやパワハラの噂《うわさ》、なんでもいいからかき集めろ」

パイプ椅子に腰かけた四人が顔を見合わせる。

横田《よこた》係長が問う。

「どうやってですか」

「横田。その質問を片山常務に返せるか」

横田が口ごもる。

「まず名取派の周辺から情報を集めろ」

「ネタがあると」

「片山常務はそう思っている」

「我々の将来は、片山常務がこのチャンスを摑《つか》むかどうかにかかっているわけですね」

「くだらないことを聞くな」

部下たちの反応の鈍さに、三上は苛立ちを露《あら》わにした。

「課長。名取派の周辺とおっしゃっても、デリケートな話だから片っ端から声をかけるわけにはいきません」

一人の部下が顔をしかめる。

「女子社員だよ」

それぐらい思いつけ、と三上は舌打ちしてみせた。

「女子社員？」

「お前、彼女たちの情報ソースのすごさを知らんな」

「なぜ女子社員がゴシップネタを持っているのです」

「男は、情報を共有できない。しかし、女性は違う。事業統括本部の女子社員を狙《ねら》え」

「でも、今のままでも片山常務が指名される可能性はあるわけですよね」

とぼけた質問を返した同僚の足を横田が蹴《け》る。

「頭を使え。どんな理由であれ、社長が退任すれば後継を選ぶ。総会までの時間がない。選任に許される時間が短いほど、上位者、年功序列で選ばざるを得なくなるだろうが。名取副社長が断然、有利なんだよ」

「せめて、総務部長なら色々とボロが出てきそうですけど」

「そうだとしたら、芋づる式に挙げられるかもしれない。経営者としての適性を問われるネタが一つでもあれば、信頼は地に堕《お》ちる」

「でも課長。あからさまにやると、我々に良からぬ噂が立ちますよ」

別の一人は気乗りしない様子だった。

「片山常務が戦争する気になったんだ。とことん、やるしかない。どのみち、名取派が勝てば我々は営業所勤務だぞ」

「鉄の結束を誇る相手に戦争ですか」

三上の強気に、四人の部下たちが不安そうに顔を見合わせた。

三上は風を感じていた。ただし、この風を受け止めるためには、横田たちを使い切らねばならない。

三上も片山からそうされて来たのだから。

午後四時
JTP 15階 事業統括本部長室

夕方になって、ようやく社に戻った弓波が、事業統括本部長室に入ると、名取の冷めた声が出迎えた。

「なにをしていた」

正直、半分上の空だった。こうしているあいだにも、机の電話が鳴っているだろう。社内外のリスケや再調整の連絡だけではない。田中へのアポ取りだって普段どおりだ。

「社長はいらっしゃいますか」「社長に会いたい」「社長に取材をお願いしたい」「社長のお時間を頂戴《ちょうだい》できますか」

弓波が席を空けるということは、秘書たちが右往左往することを意味する。

豪華マンションのリビングを思わせる広さ。焦げ茶色のオークの床材、重厚な執務デスクと革製のオフィスチェア。ブラインドが全開になった広い西窓からは明るい陽《ひ》の光がさし込み、本物のペルシャ絨毯《じゅうたん》にくっきりした陰影を浮かび上がらせる。右側の壁一面は本棚だ。その中で、フロイトの『精神分析入門　上下巻』が目についた。

背筋を伸ばした弓波は、名取の前に立った。

名取がどう思っているか知りはしないが、弓波にとって過去のわだかまりが消えたわけではない。

名取は弓波の天敵。自らの保身のために、弓波を失脚させた男だ。

今も彼は、この会社の副社長だ。

「申し訳ございません。社外の方から呼ばれておりました」

「君にとって、私の存在はその程度らしいな」

「そのようなことはございません」

「二つの選択肢があったとしよう。人は当然、最善か必然を選ぶ。私と顧客。君は顧客を選んだ。最善なら最善、必然なら必然。その理由を言ってみろ」

「お言葉ですが、私の理由はもっと単純です。先約だったからです」

「副社長の私が呼べば、それが先約になる」

両手を肘《ひじ》かけに置いた名取が背もたれに寄りかかる。

弓波は眉《まゆ》をしかめて不満を表した。

「名取副社長の権限ですか」

「君は権限という言葉を強要と混同している。統治には権限が必要なのだ。理由は、情だけでは組織は動かないからだ。上司の指示には、無条件に従うという規則。もちろん不満もあるだろう。それでも人が従うのは、権限が統治の根源だからだ」

名取が弓波を見据える。

もうこの部屋に一時間もいる気がした。

取引先は痺《しび》れを切らし、望月たちは立ち往生しているだろう。

「君は、自身の判断で権限に背いたのだ。組織の人間としては許されない」

「組織？」

「不満か」

「いえ。決してそんなつもりではございません」

名取の口端に冷笑が浮かぶ。

「相変わらず世渡りが下手な男だ。少々、頭を混乱させたかな。しかし、その程度で戸惑うなら、これから先の難局には対処できんぞ」

「失礼ですが、おっしゃる意味がよくわかりません」

「原田に危機管理コンサルと対応方針をまとめるよう指示してある。秘書室長として、君も知っておけ」

呆れた。そんなことだけのために自分を呼んだのか。

本社に戻った弓波に、名取への忠誠心を踏み絵させるつもりらしい。権力を持てば持つほど、保身も周到で入念になっていく。

こっちはそれどころではない、と弓波はあからさまに不快感を顔に浮かべてみせた。

「危機管理コンサルとは」

「私に危機管理のＴＰＯまでレクチャーさせるつもりか」

申し訳ありませんが、その方面については明るくありません、と弓波は逃げを打つ。

「中学生が、数学の教師に足し算のやり方を聞くか」

名取らしい愛想尽かしだった。

望月に聞いた方が早くて正確だろう。そう思った。

「失礼いたします」

一礼して副社長室から出た弓波は廊下へ出ると、エレベーターで12階の秘書室に戻った。

席に戻ると、かかってきた電話をメモした付箋《ふせん》が、居酒屋の壁に貼《は》られたお品書きのごとく机の上を埋め尽くしている。

「ご苦労様でした」

心配そうな望月が、わずかに残された机のスペースにお茶を置いてくれた。

名取と弓波の過去を知っている彼女らしい心遣いだった。

「当社が契約している危機管理コンサルについて教えてください」

ネット社会では企業の危機も多様化、複雑化していて、ちょっとでも対応を誤ると、企業の評判やブランドイメージは瞬時に崩壊するリスクをはらんでいる。そこにビジネスチャンスを見出《みいだ》したのが、危機管理専門のコンサルだ。明日の記事で会社が被るダメージからの早期回復と、被害を最小限にとどめてくれるコンサルを総務は選んでいるに違いない。

望月がデスクトップパソコンから資料をプリントアウトする。

「こちらです」

弓波はコンサルの資料をめくり始めた。会社名は聞いたことがある。どうやら、その方面では名の知れたコンサルと契約しているようだ。

金でリスクヘッジできるなら安いものだ。

まずは一安心、と弓波は胸を撫《な》でおろした。

（2）

五月二十一日　水曜日　午後二時

東京都　千代田区　富士見一丁目　株式会社ジャパンテックパワー

これから、ＪＴＰ本社ビルの2階にある大会議室で、今日の週刊誌記事について会見が開かれる。

自然エネルギーによる採光をコンセプトにしたファサードと、明るい内装と豪華な家具が置かれた広いエントランスに比べて、なんの変哲もない白い壁と天井に囲まれた会議室に、15列の長机が記者たちのために並べられている。かたや、正面のホワイトボードの前に、記者と向かい合う形で会社側の長机が置かれていた。

弓波は名取たち関係者と控え室に詰めている。物見遊山や好きでここにいるわけではない。名取に呼ばれただけだ。

さっさと席に戻りたい。

会見場の様子をモニターで確かめると、記者席は満席だった。

記者会見に応じるのは名取だ。

記者からどんな質問が飛び出すかわからない。

「名取副社長。よろしいですか。最初に記者たちに向かって立礼をお願いします。お辞儀の状態を十秒、継続願います」

コンサルの担当者が口を開いた。刈り上げのベリーショートにあご鬚《ひげ》をたくわえ、モダンクラッシックのスーツとストライプシャツで決めている彼は、危機管理の専門家とのことだ。靴から頭のカット代まで含めれば、50万円は超えているだろう。

「なぜだ」

名取の問いに担当者が面食らう。

「不要な軋轢《あつれき》を避けるためです」

「あんな根も葉もない記事に群がった連中に、なぜ頭を下げねばならない。こちらに落ち度はない」

「彼らは小出しにネタを出してきます。今の時点では、相手がなにを、どこまで摑んでいるかわかりません。マスコミとの関係で、最初にボタンをかけ違えると後が面倒です」

「どんなトラブルであれ、それを処理するのが君たちの仕事だ。報酬にふさわしい仕事をしろ」

「我々はアドバイスが仕事であり、当事者はあくまでもあなた方です」

「君が教える危機管理とは、土下座の仕方か」

原田、と名取が総務部長を呼ぶ。

「会見で、私はなにを聞かれるのだ」

「それは、私にはちょっと……」

「お前は段取りという言葉の意味を理解しているか」

「はい。ただ……」

「人の会話で最も無駄なものは言い訳だ。私に時間を浪費させるたびに、己の無能をさらけ出すことになるぞ」名取が組んでいた足をほどいた。「いいか。会見に応じるのは私だが、判断されるのは社だ。私の会見が終わるまで、お前は腕時計を見ているだけだが、その一秒、一秒が社にとって致命的になることを理解しているか」

「申し訳ございません」

「下がれ」

「はっ？」

「お前がこの場にいても意味がない」

皆の視線が注がれるなか、うなだれた原田が控え室を出て行く。

名取がコンサルの担当者を向いた。

「会見は私のやり方でやる」

「しかし、それでは」

「君が指示した対応など、当然、相手は予想している。君の社は、ネットで検索できる程度のスキルで飯を食っているのか」

そこで見ていろ、と名取が会見場に出て行く。

一斉にカメラが向き、記者たちの注目が集まる。

熱気に満ちた会見場で、氷のごとく冷静な名取が椅子に腰かけた。

お辞儀などない。

「副社長の名取です。これからの記者会見は私がお相手します」

早速、最前列の椅子で足を組んでいた記者が右手を挙げる。

「今日、『週刊東京』に掲載された記事は真実ですか」

「それは記事を書いた者に聞いて頂きたい。記事の真偽を証明するのは書いた側の責任だと考えます」

「なぜ社長が出てこられないのですか」

「答える必要はありません」

「なんだ、この副社長は」「なにか勘違いしてませんか」「あまりに失礼では」「誰か他にまともな取締役はいないのか」

記者席から、呆れと驚きの入り混じった声が次々と漏れ始める。会見場の空気が棘《とげ》とげしさに満ち始めた。

モニターを見つめたまま、弓波は腕を組んだ。

立ち上がった若い記者が怒りの声を上げる。

「あなた、謝罪する気はないんですか」

「なにに対する謝罪でしょうか」

「世間を騒がせたことですよ」

「世間？　騒いでいるのはあなたたちでは」

「一つよろしいですか、名取副社長」と年配の記者が、場を鎮めるべく落ち着いた声を出す。「御社の記事が週刊誌に掲載された。業績にかかわりかねない記事ですから、御社は株主になにが起きているのか説明する義務がある。株主への責任の話です。それを伝えるのが、我々の仕事であることはご理解頂けますよね」

名取が小首を傾《かし》げてみせた。

「あなたたちは株主の代理人なのですか」

「そう思って頂いて結構です」

「たいした自信ですね。マスコミはいつも正義の代理人を装う。しかし、誰が、なにを、どう依頼したのか、その実態が語られたためしがない」

「一々、説明はしません。その前提でお答え頂くしかない。代わりに我々は公正に真実のみをお伝えすると約束します。ですからお願いします。まず、社内のスキャンダルや中国系ファンドとの不透明な関係が真実なら、どう責任を取られるのですか」

「状況を見て、必要なら新社長の人選を行い、取締役会で決定、株主総会で承認を得ます」

「社内で激しい後継争いが行われているという指摘は」

「なぜ激しいとわかるのでしょうか」

「そう書かれているからです」

「記事の描写が正しいか知りたいのですか」

「それは屁理屈《へりくつ》です」

「業績にかかわる情報を株主へ提供するのが仕事だ、と主張しながら、ゴシップにも興味があるらしい」

「取締役人事の激しさは業績に影響するはずです」

「物を売りたい者は、事実を誇張する。とてつもなく速い、他にないほど安い、量販店の販促用コピーのごとき記事に、コメントする気はありません。あえてつけ加えるなら、次期社長を複数が競い合うのは、どの社でも同じです。競い合う野心と能力、勝ち抜く意志がなければ優秀な指導者は現れません」

「あなたね……」

最初に質問した若い記者が再び、右手を挙げる。

名取が時計を見た。

「残念ながら、お約束の時間が過ぎました。会見はここまでにさせて頂きます」

説明や謝罪どころか、マスコミに喧嘩《けんか》を売った会見が一方的に打ち切られた。モニターで、啞然《あぜん》とした記者たちが名取の後ろ姿を見送っている。

会見場から戻った名取が「ついて来い」と弓波を引き連れて副社長室に戻る。

弓波を待たせたまま、机の電話で秘書を呼ぶ。

「中曽根《なかそね》頭取と東郷《とうごう》氏のアポを取れ。大至急だ」

一方的に電話を切った名取は、弓波に「座れ」とも伝えない。

「株主総会の段取りは総務に任せる。君は社長の消息を探り、週刊誌の編集長に会って、これ以上当社の記事を掲載しないよう交渉してこい」

「お言葉ですが、私は秘書室長です。対外交渉は総務の仕事です」

「秘書室長が担当してはならないという社内規定でもあるのか」

「顧客とのアポの調整にともなう謝罪、お断り、弁解で、てんてこ舞いなんです。総務にお願いします」

「私の命令だ」

「私の上位者でもない名取副社長の命令ですか」

「非常時だと思え」

「非常時などという情緒的な言葉を、名取副社長がお使いになるとは意外です」

「私からは以上だ」

弓波の皮肉を無視した名取の話が終わった。

秘書室長の仕事で精一杯なのに、余計な仕事を押しつけて欲しくない。そしてもう一つ、

「本気で社のことを考えている者、苦境に陥った社を案じる者には迷いが見えるはず」と田中は言ったが、目の前の名取には迷いの欠けらも感じられない。

弓波を無視した名取が書類に目を通し始める。抗議、質問、反発。ぶつけたいことは山ほどあるが、会社組織で序列の権限は絶対だ。

「失礼します」と弓波は副社長室を退いた。


12階Eゾーンの秘書室で、まだ座り慣れない椅子に腰かける。

もう一度、自分の人生を考えた。今までのこと、これからのこと。それなりの正義感と常識は持ち合わせているから、今日のような事が起きてもまっとうな判断はするけれど、

なにせ、不器用で世渡りが下手だった。妻とも両親のことでときどき考えがすれ違う。昇進レースでは周回遅れになった弓波にとって、老後の人生設計が最近の関心事だった。厄介ごとに巻き込まれたくないから、一匹狼《いっぴきおおかみ》を決め込んできたが、それは弓波が旗を立てようとしても、その下に誰も集まらないことを意味する。

「弓波さん。くれぐれも名取副社長には気をつけてください」

望月が弓波を案じる。

弓波は覇気のない愛想笑いを返した。

名取の統治は冷酷非情だ。

『昇進』という言葉を餌《えさ》に、南極大陸を裸足《はだし》で横断するに等しい業務を部下に任せ、結果を出せないなら容赦なく切り捨てる。この過酷な競争を勝ち抜いた者だけが、側近であることを許される。ただ、部下たちが未来永劫《えいごう》、従順だと信じるほど、名取はお人好《ひとよ》しではない。背信を疑われた者は、落ちぶれて事業統括本部に残るか、落ちこぼれて関連会社へ移るかの選択を迫られる。赦《ゆる》しを乞うて自身の前に跪《ひざまず》く部下に、名取は「自分の人生は自分で選べ」と言い放つ。

駄目押しは、突然の懲罰人事だ。名取は、定期的に配下の部門長から業務報告を受ける。無事に報告を終えて安堵《あんど》した部長や課長が、翌日、突然、異動や降格を告げられる。しかも、なんの説明もなく。部下たちは、ある日突然、不毛な地に放《ほう》り出されて路頭に迷う恐怖に怯《おび》えながら名取に仕える。名取の腹心である総務部長の原田でさえ、その立場は保証されたものではない。

では、名取の弓波への指示はどういう意図なのか。

なぜ、弓波を使おうとするのか。失敗するのを承知のうえで負荷をかけているとしても、もはや弓波の首に価値などない。

総会が荒れようと、それはネタを摑まれた社長や名取、片山のせいであって、なぜ弓波がその尻拭《しりぬぐ》いをせねばならないのか。

祝福されるべき本社への赴任早々、弓波の中で疑問と不満が渦巻いていた。

午後五時三十分
東京都　千代田区　神田神保町二丁目

東亜出版社が入る神保町《じんぼうちょう》の20階建てのビルの1階に弓波は立っていた。

無人のロビーで、受付案内システムのタッチパネルから『週刊東京』の佐藤《さとう》編集長を呼び出す。

（はい。編集部です）

「編集長にお約束を頂いている弓波と申します」

（お待ちしておりました。エレベーターで8階までお願いいたします）

スピーカーを通して、秘書らしき女性が対応する。

エレベーターの扉が開くと、中年の女性社員がお辞儀で出迎えてくれた。「弓波様ですね。お待ちしておりました。こちらへどうぞ」と応接室に通される。

弓波はソファに腰かけた。

白で統一された室内は、LEDの照明でやけに明るかった。

東亜出版社は書籍、文庫、雑誌の制作、出版、そして販売を手がける資本金9000万円、従業員数192名の出版社だ。そして、『週刊東京』は発行部数28万部の業界第8位の週刊誌で、芸能情報とは距離を置き、どちらかというと社会ネタ、経済ネタに軸足を置いている。

五分ほどすると、入り口と反対側のドアが、ノックとともに開いた。

年齢は50歳代半ばだろう。細身で長身、白髪の目立つぼさぼさ頭に、痩《や》せてエラの張った顔、タートルネックのニットセーターにジャケットを羽織った男が入ってきた。

「私が佐藤です」

「弓波です」

まずは型どおりに名刺交換から始める。

「どうぞ、おかけください」と再びソファを勧める佐藤は、穏やかな物腰だ。

先ほどの女性社員が、コーヒーを運んでくる。

初対面の佐藤と交わす世間話などないから、室内は重い沈黙に満ちたままだった。それに、佐藤は弓波がなんのためにやってきたかは当然察している。

佐藤が軽く咳払《せきばら》いを入れた。

「ところで、ご用件は」

弓波は単刀直入に切り出した。

「憶測で記事を書かれて迷惑しています」

佐藤がすまし顔を返す。

「憶測ではありません。しっかり裏は取っています。弓波さんも心当たりがあるはず」

「なぜ一民間企業の内情を世間にさらすのです」

「ファンドとの関係は内情なんかじゃない。いずれにしろ、世間が求めているからです。それは出ている部数を見ればわかる」

「人の寝室を覗《のぞ》き込む記事は、今回限りにして頂きたい」

「このネタはずっと追いかけます」

「我が社は、売上げ、利益、配当、いずれもアナリストや株主から評価を得ている。あなたの記事こそ真実を歪《ゆが》めている」

「国の重要政策を担う民間企業で起きた後継争い、保有株数を増やしている中国系ファンドからの要求、どちらも業績に及ぼす影響は大きいはず」

「それは表向きの言い訳でしょ。本音は、毎週、いくつも持ち込まれるネタの中から、売れそうなものを選んでいるだけだ」

「随分と偏った見方をされますね」

弓波は身を乗り出した。

「誰ですか、記事の背後にいるのは。社内の人間、それとも社外、たとえばファンドですか」

「言えません」

「弊社に後ろ指をさされる事実は断じてありません。あなたは報道される側の迷惑、社員やその家族の心情などをお考えになったことは」

「ありません」

「記事のせいで、子供が学校でイジメられても」

「それを考えていたら記事など書けません」

そうですか、と大げさに落胆してみせた弓波に佐藤が反応した。

「弊社相手に訴訟でも起こすおつもりですか」

「どうやら、納得できない記事を書かれた人たちが訴訟をちらつかせたのは、一度や二度じゃないようだ」

「どれも脅しです。我々が負けるわけがない」

「勝ち負けの問題じゃない。心の問題です。電車に高齢者が乗ってきても、きっとあなたは寝たふりをして席を譲らない。でも、どこかに後ろめたさを感じている。それと同じ。編集者が記事への後ろめたさを覆い隠す言い訳はいくつもある。真実を伝える義務、報道の自由ってね」

弓波はソファから立ち上がった。

「でも、自分の記事が誰かを不幸にしている事実からは逃げられない」

一時間後
東京都　千代田区　丸の内三丁目

千代田区丸の内三丁目の『スターバックス新東京ビル店』。

神保町からの帰り、弓波は大竹を呼び出した。

「東亜出版が取材を始めるきっかけが重要だ。この手の記事は、社内の不満分子によるリークか、派閥抗争による内部告発の可能性が高い」

弓波の疑問に大竹が答える。

「社外に身内の恥をさらす奴がいるというのか」

「時代が違うんだよ。ネット世代は、外への情報提供に抵抗感はない。報酬が得られるならなおのことだ。JTP内にそんな風潮がないと言い切れるのか」

弓波は額に指先を当てた。

社員が5000人以上もいれば、不届き者もいるだろう。それに派閥抗争が激化すれば、敵を潰すためには手段を選ばない連中が現れてもおかしくない。

思えば弓波も左遷された直後は荒れた。「考えすぎだ。単なる異動だよ」という慰めの言葉など耳を素通りした。左遷と決めつけた弓波の心に、なにかのきっかけがあれば内部告発に走りかねない邪心が芽吹いていたのは事実だ。

愛着、従順、反抗、そして憎悪。組織の抱える矛盾と不条理がリーク記事に形を変えた。

「『週刊東京』の編集長に会った。どうやら我が社をずっと追っていたらしい」

「だろうな」

「その辺の事情を知っている人間を探れないか」

「記事には社長の写真が何枚か添えられていたよな。ならば、社長にカメラマンが張りついていたということだ。その男を追え」

大竹はあっさりしたものだ。しかし、駅前の交番で道を聞くのとはわけが違う。

「俺がゴシップ専門のパパラッチなんか知るわけない。お前が教えてくれ」

「それは無理だ。機密データの流出と同じだからな。ただ、この業界は広いようで狭い。どうせ候補は数人だ」

数人であることすら弓波は知らない。太平洋のど真ん中で、日本の方角を探すのと同じだ。知識を持つ者は、持たない者の事情なんか考えずに物事を進める。スマホの取扱説明書と同じだ。

「ヒントもなしか」

大竹が立てた右手の人さし指を左右に振る。

「弓波」

「なんだ」

「まだ自分を追い込んでないな」

「馬鹿言え。脳みそはよじれて、腹わたは煮え繰り返っているよ」

(3)

五月二十二日　木曜日　午前十時
東京都　千代田区　大手町一丁目　京浜銀行本店

京浜銀行本店の25階の頭取専用応接室で、名取は中曽根頭取を待っていた。

年収が三億を超える中曽根専用の応接室は、名取のそれの比ではない。壁にかけられた油絵は藤田《ふじた》嗣治《つぐはる》だ。壁際のサイドボードに飾られているのは、汝窯青磁《じょようせいじ》とおぼしき皿だった。

社の所有物なのか、中曽根個人の持ち物なのか知りはしないが、名取にとって素朴な疑問がある。高価な芸術品を応接室に飾る者の意図はなにか。文化と経営に共通するものがあると考えているからなのか、神経をすり減らす重圧や緊張への癒《いや》しとしてなのか、それとも、ただの見栄《みえ》なのか。

名取は窓の景色に視線を移した。

名取は昨日の記者会見を、自身が社長にふさわしいことを見せつける場として捉えていた。だから、すぐに中曽根のアポを取り、社長就任へメインバンクの支持を取りつけるために動き始めたのだ。片山ごときの後塵《こうじん》を拝するわけにはいかない。

そんな名取を追うように、今朝、社長の直筆で「自分の後任を取締役会で選任して、株主総会で承認を得て欲しい」との文書が届いた。ただちに社として、極秘裡《ごくひり》に管理本部長主導で次期社長の選任が始められた。

田中後の時計が回り始めた。

「お待たせしました」と頭取室に続く扉から中曽根が現れた。

彼は59歳と都市銀行の頭取の中では若い方だ。染めているかもしれない豊かな黒髪に、文学部の教授を思わせる品の良い顔。背はそれほど高くないが、自己管理のたまものと思わせるスリムな体が、イタリア製の高級スーツを纏《まと》っていた。

立ち上がって出迎える名取にソファを勧めながら、中曽根が正面に腰かける。

ソファに寄りかかった名取は足を組んだ。

「社長は、このまま引退する考えだと思います」

お互い忙しい。余計な話は不要だ。

「それは残念ですね」

中曽根頭取の世辞に、名取は嫌味たらしく首を回してみせた。

「意外ですね。頭取」

「とおっしゃいますと」

「弊社の最近の混乱はよくご存じのはず。そして、その責任の一端は御行にある。社長と御行による取締役会刷新の動きが混乱の引き金になった」

「それは誤解ですね」

中曽根が顎を上げた。

「誤解と事実無根は違う。取締役会の入れ替えについて社長と話されましたね」

「意見交換はしました」

「退かせる候補に私の名前が含まれていた」

中曽根の視線がわずかに揺れる。

「今回の記事が、御行の動きと関連していることが世間の知ることとなれば、私に代わる新たな取締役を送り込むどころではなくなる」

「なぜ」

「あからさまな経営介入だからです。世間は金融業界主導のゴシップが大好きだ。今の時代は、噂に火がつくだけで、たちまち現実が揺らぎ始めるものです」

「ゴシップなど噂の上に盛られた作り話にすぎない。来週号が別の話題で彩られれば、御社の後継争いの話など世間は忘れてしまう」

「私が新聞社に告発しても？　そう、たとえば右寄りの『日報経済』などはどうです。面白い記事になるでしょうね」

ソファに深々と腰かけ、肘かけを規則的に叩《たた》いていた中曽根の右手が止まった。

「あなたは私を脅しているのですか」

「あからさまな経営介入について、経産省の政策推進課への告発を思いとどまるだけでなく、妥協案を提案したいだけ」

「あなたの望みは」

「昨日の敵は、今日の友。私を社長に推して頂ければ、要求どおり新専務を受け入れましょう」

「あなたを新社長に推せと」

「田中はもういない。そして、株主総会まで一カ月しかない。つまり、私か片山、二つの選択肢は必然だ」

顎に手を当てた中曽根がしばらく考え込む。

「片山常務よりあなたが適任である理由は」

「あなたは片山をよくご存じのはず」

「ええ」

「ならお分かりですよね」

立ち上がった中曽根が、難しい顔で窓を向いた。後ろ手を組みながらも、人さし指が規則的に時を刻む。

京浜銀行の決断は。

中曽根が振り返った。

「いいでしょう。ただ覚えておいて頂きたい。我々は100パーセント、あなたに満足しているわけではない」

「承知しています」

「それからもう一つ。社内で、あなたが寝首を掻《か》かれることはないでしょうな」

「では私から、もう一つお願いがある」

名取は立ち上がった。

「後ろから撃つときは、声をかけて頂きたい」

同時刻
東京都　港区　赤坂九丁目　東京ミッドタウン

ＪＴＰには、経営陣のスキャンダルを責め、経営陣の交代を求めるメールや投稿が殺到していた。社外で嵐《あらし》が吹き始めるなか、常務の片山は、ＪＴＰの大株主の一つであるキャピタルゲインマネジメントを訪れた。

ＣＧＭは、港区赤坂九丁目にある東京ミッドタウンに入っている。

東京ミッドタウンは、オフィスやホテル、さまざまな商業施設や文化施設だけでなく公園、緑地なども備えている。そのシンボルは地下5階、地上54階、高さ248メートルのミッドタウン・タワーで、7階から44階まではオフィスフロアになっている。その22階にCGMはオフィスを構えている。

CGMはアクティビスト・ヘッジファンド、別名、『物言う株主』だ。機関投資家、富裕層から集めた金を運用すべく、投資先の企業に株主の立場と称して様々な注文をつけることで企業価値を高め、株価が上昇したとみるや売り抜ける。ときには、TOB（公開買い付け）を仕かけて、その企業の株価をつり上げ、市場で売却する。

彼らが狙うのは、豊富な資産、つまり預貯金、有価証券、土地などを保有していること、有利子負債の割合が低いこと、利益率が高くなく、他の上場企業の平均値に比べて見劣りすること、PBR（一株当たり純資産の何倍の値段がつけられているか、をみる投資尺度）が低く、株価が安値のまま放置されているといった条件を満たす企業だ。

かたや、狙われる企業は、『物言う株主』の台頭や企業買収の頻発に対して防衛策を講じざるを得ない。資産の圧縮、有利子負債の活用、ひいては事業展開を見直して、資本コストに見合った利益率を達成する経営努力が求められる。

応接室で、片山は社長の崔《さい》と向かい合った。

室内は片山のそれとは対照的に、余計な装飾や意匠が排除されている。実用的な応接セットが部屋の中央に置かれただけで、ソファは布張りだ。見栄えではなく、あくまでも「儲《もう》かるかどうか」のやり取りを求める崔の性格がよく出ていた。

「さすがに、その要望は飲めませんな」

片山の申し出に、崔の反応は冷たかった。

「なぜ。私はあなたに十分な情報を流してきた」

「それに見合う報酬はお支払いした。でもこの問題は違う。誰が社長であろうと、株主への還元という我々の主張が変わることはないからです。あなたが社長であるかどうかは、御社が決めるべきだ」

「株主？　よく言いますよ。正確に言うとあなたのクライアントでしょ」

「両者は同じです。株主である以上、皆、利益に見合った配当、十分で安定的な配当を保証する経営を求めるものです」

「そうかな。株主が企業に求めるものは様々だ。安定株主のように特定の企業の株式だけを持つやり方は、マーケットインパクトを考慮すると、効率的な投資にはならないが、企業に惚《ほ》れ、企業を育てたいと思っている彼らは気にしない。でも、利益を求める投資家から集めた金を運用するあなたは違う。いつ決着がつくか予測できないコーポレートガバナンス的な投資スタイルは、中長期的に高い投資パフォーマンスを上げられるとしても、短期的に大きな成果をもたらさないから、ファンドは毛嫌いする」

「日本人的ですな。個人の資産運用に株式投資が主流の欧米では、あなたの理屈など通じない。企業の利益は株主に還元されるべきものだ」

「あなたの言う株主への還元とは、ＣＧＭの業績のことでしょ。物言う株主なんて聞こえは良いが、顧客獲得のために自社の業績をアピールしたいファンドのパフォーマンスにすぎない」

「失礼な言い方ですね。私も株を保有する社の発展に貢献することで、ウィン・ウィンの関係を築きたいと思っているのですよ」

「では聞きましょう。あなたは10％以上の株を保有している社の内部留保を吐き出させたあと、それ以上の配当が期待できないと判断した途端、何度も売り抜けてきたはず。それはなぜ」

「あなたはわざわざレクサスに乗って、私にクレームをつけにきたのですか」

「あなたが弊社の株を買い占め始めた理由は一つ。ＪＴＰが本業だけで食っていけない状況で、収益構造がファイナンス部門に偏っていること。さらに、本業でないがゆえにファイナンス事業が稼いだ資産、とりわけ不動産を十分に生かす経営をしていないことに目をつけたからだ。次のステップではＴＯＢを仕かけて、それが成功すれば、あなたの息がかかった者を経営者に据え、ＪＴＰの遊休資産を生かすつもりだ。もしくは、外部からＴＯＢという刺激を与え、経営の改革を促すことで、すでに保有比率が８％に達している株を高値で売却したいと考えている」

「我々は御社に、事業に不要な資産を原資とした大幅な増配や自己株式取得を柱に大胆な提案を行った。しかし田中社長は、我々の提案を拒否した」

「だから、昨年の株主総会では、株主提案権を行使するために委任状の争奪戦が起きた。

しかし、今年はもっと荒れる。スキャンダル、突然の社長交代などのトラブルのせいで、あなた方の提案を議論する余裕などはない」

片山は身を乗り出した。

「もう一度言います。私を社長に推してもらいたい。当然、見返りは用意する」

「具体的には」

「今期の配当を70円とします。さらに、第三者割当増資の優先権を与える。つまり、新株発行による増資を行い、そのすべてをＣＧＭに引き受けてもらう」

「面白い」

ソファにもたれかかった崔が、ニヤリと笑った。

午前十一時
東京都　品川区　東五反田五丁目　池田山

品川《しながわ》駅から五反田《ごたんだ》駅、目黒《めぐろ》駅にかけての高台には、『城南五山《じょうなんござん》』と呼ばれる高級住宅街が広がっている。その中の一つ、池田山《いけだやま》は、もともと備前岡山《びぜんおかやま》藩の池田家下屋敷があった城南五山を代表するエリアだ。美智子《みちこ》上皇后の生家があったことで知られており、それゆえにブランドバリューが高くて、街の美しさ、静けさ、品格、どれも申し分ない。

京浜銀行からセンチュリーに乗り込んだ名取は、池田山に立ち寄る。

五反田駅の北、桜田通《さくらだ》りの西にあたる丘陵地は、人が雑多な駅周辺とは別世界だった。大きな区画に大邸宅が立ち並ぶこの一画は平日でも粛然として、道行く人もまばらだ。それぞれの邸宅は開放的な造りで高い塀がなく、品の良さと歴史が紡いだ余裕を感じさせた。そ

そんな瀟洒《しょうしゃ》な住宅街に東郷の自宅はあった。敷地が二百坪はあろうかという和風の豪邸。名取は格子戸で仕切られた玄関のインターホンを押した。

ほどなく家政婦らしき初老の婦人が現れた。前かけにたすきがけ。家政婦さんまで年季が入っている。

「お待ちしておりました」婦人は深々とお辞儀をして名取を出迎えた。「どうぞお上がりください」と通された玄関から黒光りした廊下が奥へ続いている。家政婦さんは客人の靴を丁寧に揃《そろ》えてから、「こちらへどうぞ」と先に立って名取を客間に案内した。

端正に刈り込んだ松と錦鯉《にしきごい》の遊ぶ池が見渡せる和室。床の間には見事な掛け軸が吊るされ、奥の間へ続くふすまの前には、これまた立派な金屏風《きんびょうぶ》が立ててある。中曽根の応接室など足元にも及ばない、主《あるじ》の趣味の良さを感じさせる空間だった。

名取は独り、座布団に腰をおろした。

柔らかな陽射《ひざ》しと、静かな空間が客人をもてなす。物音一つしない奥の間で待つこと五分。ようやく東郷が名取の前に姿を表した。

「お待たせいたしました。老来めっきり物ぐさになりまして、支度一つにしても暇がかかります」

東郷龍太郎《りゅうたろう》が床の間を背にして座布団に腰をおろした。すでに喜寿を超えている老人はかくしゃくたるものだった。見事なロマンスグレーの髪、細面の顔に通った鼻梁《びりょう》、大きな耳、そして猛禽類《もうきんるい》を思わせる鋭い目。ずいぶんと西洋風の顔立ちだが、着こなしているのはこれまた値が張りそうな大島紬《おおしまつむぎ》だった。

「お休みのところ、突然おじゃまして恐縮です」

「このような拙宅にようこそおいでくださった」

「いつ拝見しても見事な庭ですな」

名取は庭に視線を向ける。

「遠目には変わりありませんが、実は松や杉が歳《とし》を取って元気がありません。私と同じですな」

お茶を運んできた家政婦さんが下がるのを待って、東郷が口を開いた。

「今日はまた、どんなご用件でしょうか」

「弊社の事情はご存じかと思います」

「お察しします」

「田中は退く意思を伝えてまいりました。ただちに臨時の取締役会を開いて後継候補を決めたいと思います」

「なるほど」

東郷が名取をじらすように悠然とタバコに火をつけた。

「ついては、私が次期社長に就く取締役選任案を支持して頂きたい」

「なぜ私に」

「弊社の筆頭株主であるとともに、安定株主でいらっしゃるからです」

安定株主とは長期的に、つまり安定して株を保有する株主のことだ。東郷はＪＴＰの株を20％保有している。通常、株主は株式を売買して利益を得ることを目的とするが安定株主は違う。安定株主は一般の株主と異なり、株価の変動や企業の業績変化などがあったとしても株式を保有し続けてくれる。

安定株主が保有する株を、『特定株』と呼ぶ。

「私は取締役ではない。そんな私の意向にそれほど影響力があると」

「はい」

「片山常務ではなく、あなたを推せと」

「お願いいたします」

座布団を下りて畳に両の拳《こぶし》をついた名取は、頭を下げた。

東郷のような安定株主が必要とされる理由は、企業の長期的な経営のためだ。日本では、頻繁に株式売買を行って短期的な利益を目的とするヘッジファンドが、経営に影響を及ぼす状況は好ましくないと思われている。

企業も、ヘッジファンドも、利益を追求するという目的は同じだが、ファンドは短期的な利益を優先するために、企業側の長期的な戦略と意見が一致することは稀《まれ》だ。企業がより安定した経営を行うために、「経営を阻害する敵対的な株主の影響力を排除したい」という考え方から安定株主は生まれた。つまり、敵対的な者が株式を大量に購入して経営に口出ししようとしても、また、買収を仕掛けてきたとしても、安定株主が株式を大量に保有していれば、市場に出回っている株式だけでは目的を達成できない。

「あなたである理由は」

「私は当社の本業について全責任を負っています。片山はファイナンシャル部門しか知らない。もう一つ、キャピタルゲインマネジメントがＴＯＢを仕かけて筆頭株主の座を狙ってくるでしょう。早期に後継者を決め、総会を乗り切らねばなりません」

「だから、私の存在が重要だと」

「はい」

「しかし、企業を守らねばならなかった戦後の復興期と違って、今や安定株主の存在に批判も多い。私の力を買い被《かぶ》りすぎでは」

「たしかに、浮動株が少ないと大量の買い注文、あるいは売り注文があった場合に、それを消化できずに株価が大きく変動するため、エコノミストたちは、株価が適正な企業価値から乖離《かいり》してしまうと指摘しています。さらに、海外投資家は、安定株主の存在が投資家の利益を阻害していると批判する。しかし、どれも彼らに都合の良い口実にすぎない」

東郷がタバコを火鉢の灰に押し込んだ。

「名取副社長。とはいえ企業には企業の責任がある。コーポレートガバナンスによって、株式持ち合いを行う場合、あなたがたは投資家に合理的な理由を説明することが必要になったはず」

「そこです」と名取は、身を乗り出した。「弊社のように若い企業、しかし重要な国策を担う企業は、経営を安定させるために浮動株の比率よりも、特定株の比率が高くあるべきです。そこには、十分な説得力がある」

背後に安定株主が控えている企業の方が、株価が安定するものだ。

「浮動株比率が上がるほど、株価収益率が下がります。つまり、浮動株が少ないほど利益を出しやすい。海外投資家がなんと言おうと、一般株主へは十分に説明できます。そして片山は、当社の置かれた状況や社会的意義をわかっていない。社長の器ではないし、総会も乗り切れない」

「つまり、あなたしかいないと」

「お願いいたします」

腕を組んだ東郷が俯く。

なにかを思案している。

名取の未来は、まだ宙を彷徨《さまよ》っている。

どこに舞い降りるのか。

やがて、東郷が顔を上げた。

「承知しました。考えてみましょう」

午前十一時五十五分
JTP　12階　管理本部　秘書室

弓波は時計を見た。

まもなく十二時になる。

長い半日がようやく終わる。この三日だけで、田中の予定のリスケを300件以上さばいてきた。今日も朝から、部下たちとの打ち合わせ、再生可能エネルギー業連合会の理事会を延期すべく、事務局との調整に忙殺された。対外的には田中が体調不良との理由で通し、内々にして欲しいと念押しする。

弓波たちの苦労を知ってか知らでか、他部署は好き勝手なことを言ってくる。

「決裁はどうすればいいのか」「客先にどう説明すれば良いのか」「客先からの問い合わせはすべて秘書室に回すぞ」

一度、「いつまで待てばいいのか」という事業統括本部の部長からかかってきた電話には、さすがの弓波も、「こっちが知ってるわけないだろう」とブチ切れた。

弓波は昼食をとるために、5階の社員食堂へ向かった。

たいして食欲はない。

入り口でトレーを受け取ると、カウンターで中華定食を選び、社員証のIDで支払いを済ませると、北欧デザインの内装で仕上げられた食堂で空席を探す。食堂内は賑《にぎ》わっていた。

弓波は通路を進む。おしゃべりしながら食事を楽しむ社員たちが、弓波に気づいた途端、なぜか慌てた様子で口をつぐむ。そんなよそよそしい空気の中を抜けて、長テーブルの一番端の席に腰かけた。

トップたちが椅子取りゲームを始めたという噂が、社内に広まりつつあった。そんな経営陣を、冷めた目で見ている社員たちの心中はいかなるものか。今日に限らず、昼食時の社員食堂ではヒソヒソ話が交わされる。動揺して浮き足立つ空気と、白けた空気が社内に蔓延《まんえん》していた。

「あの」

突然、弓波の隣に座っていた男が声をかけてきた。白いワイシャツに、髪を七三に整えた男は、頬がこけているせいもあって神経質そうだった
「弓波さんですよね。以前、経理にいた三上です」

弓波は、男と反対の方向へ体をずらした。

「戻って来られたのですね」

「ええ」

かき込むように食事を済ませた弓波は、「お先に」と席を立とうとした。

遠慮がちに三上の視線が追いかけてきた。

「実は、ちょっとご相談したいことがありまして、後日、席までお邪魔してもよろしいですか」

「時間があるときなら」とだけ伝えて、弓波は食堂を出た。

昼休みの社員で混み合うエレベーターで12階に上がり、秘書室の自席に戻ると、椅子の背もたれに寄りかかって昼寝を決め込む。

やがて。

十二時五十五分に合わせたスマホのアラームが鳴る。

午後の業務が始まる。

その前に、弓波はトイレに向かった。

個室に入って便座に座ると、扉の向こうから数人の立ち話が聞こえてきた。どうやら食後の歯磨きにきた連中らしい。

「おい、聞いたか。弓波室長が名取副社長の所に顔を出してるらしいぞ」

「戻ってきたばかりなのに、もう次を狙ってるのか」

「一度、九州に飛ばされたのにみっともない。どうせ、名取副社長にいいように使われて、ポイされるのが関の山だろう」

「いいんだよ。こんなときは、使い捨ての管理職も必要だ」

午後二時
JTP　15階　事業統括本部長室

15階の事業統括本部長室で、弓波は名取の前に立っていた。

部下でもないのに、何度も呼び出される。

「社長の消息は追わなくてよい」

たった一日で、名取の気が変わった。朝令暮改は上司の特権だ。経営陣の混乱のせいで、弓波の頭の上を思いつきの指示が飛び交っている。

弓波は平静を装った。いや、平静というよりは、白けかもしれない。

名取は午前中、メインバンクと筆頭株主を訪ねたはずだ。どうやら、社長就任に向けた多数派工作の目処《めど》がついたのだろう。ということは、もはや彼にとって田中は邪魔な存在になったのだ。

代表取締役の立場にあっても、人生で大事なのは機敏な損得勘定らしい。

「承知いたしました」

余計な言葉を慎んだ弓波は副社長室を辞した。

田中は弓波に「総会までのあいだ当社は大揺れになるが、動揺することなく職責を果たせ」と命じた。

あの言葉はこのことだったのか。

田中に言われるまでもなく、己の職責は重々理解している。営利だけが目的ではないというJTPが持つ社会的責任に誇りを持っているから、会社への思いも強い。反面、もう沢山だという思いも強い。

弓波は額に手を当てた。

田中社長はどこへ行ったのか、なぜ姿を消さねばならないのか。

残された者の身にもなってみろ。


秘書室に戻る。

望月が迎えてくれた。

「経理部の大賀《おおが》さんと、お連れの方々がお待ちです」

彼女が流した視線の先、打ち合わせコーナーで数人の幹部社員が待っていた。経理部の大賀次長、経営企画室長、そして、エンジニアリング部のプロジェクト室長の三人だ。

「弓波さん、お話が」

五分刈り頭に量販店のクールビズを着た大賀が深刻そうな表情を向ける。経理部の次長というよりは寿司屋《すしや》の大将を想像させる。

「どうしました」

「ここではちょっと……」

経営企画室長の目が周囲を気にする。

弓波は唇を尖《とが》らせた。

「望月さん。会議室は空いてますか」

「どうぞ」

弓波は視線で奥の小会議室をさした。

弓波の後に三人が続く。会議室に入ると、プロジェクト室長が後ろ手に扉を閉めた。

「お座りください」

弓波の勧めに、三人が打ち合わせ机を挟んだ椅子に並んで腰かけた。

面接じゃあるまいに。さっそく、大賀が切り出した。

「こんなことをしていたら、会社がおかしくなる。我々は富田《とみた》関西支店長を社長に推す動きをするつもりです。是非、弓波さんも協力してもらいたい」

「お断りします」

弓波は即答した。

「なぜですか」

「後継者の選任は、私の仕事ではない」

このクソ忙しいときに、と思わず弓波はイライラをぶつけた。

「トップの人事は社を左右する」

「そんなことはわかっています」

「なら、社長にふさわしい人物を推すことも管理職の務めでは」

「私は派閥抗争に興味はない」

「我々も抗争するつもりなどない」

「結果は同じです。組織である以上、群れはできるもの。それは仕方ない。群れができれば競争も生まれるし、抗争にまで発展することも仕方ないかもしれない。問題はそれぞれの群れが、それぞれの正当性を主張した場合、どれが正しいかを判断しづらいことです。二年間、本社を離れていた私には、残念ながらその見識はない」

「では、弓波さんは今の状況を黙って見ているのですか」

今度は、経営企画室長が詰め寄る。

「選任にかかわらないことと、黙って見ていることは違う。私には私の職責があるということです。それはあなたたちも同じはず」

弓波の戒めに大賀たちが顔を見合わせる。

「どうしても協力してもらえませんか」

「さっき申した理由で、私はどの派にも属さない。私に期待しないでください」

「弓波さんがしっかりしてくれないと困ります」

「なぜ私が」

「会社の危機ですよ。職域の枠を越えて対応すべきじゃないですか」

「残念ながら、私は秘書室長の仕事で手一杯です」

愛想尽かしの意味を込めて、弓波は語気を強めた。

顔を見合わせた三人の表情に落胆がにじみ出る。その表情が、会社を案じての憂慮なのか、弓波が力を貸さないからなのかはわからない。仮に、大賀たちが憂国の志士だとしても、あまりに早急で稚拙としか思えなかった。従業員が５３００人もいる企業の方向性を、数人の中間管理職で変えることなどできない。

「また参ります」と三人が会議室を出て行く。

彼らは弓波を余計なことに巻き込もうとしている。

一人で会議室に残った弓波は、彼らの危機感や会社を想《おも》う気持ちと、自分の境遇を重ね合わせた。内部抗争などしている場合ではないという正義感、厄介事にはかかわりたくないと思う本音。

ただ、二年前に苦汁を嘗《な》めさせられた弓波には、ある疑念がこみ上げる。

大賀たちは弓波を利用するつもりではないのか。

そうでなくとも、トイレで漏れ聞こえた軽蔑《けいべつ》に満ちた会話は、改めて社内の弓波を見る目を教えてくれる。

弓波は胸の深い所からため息を吐き出した。

あまりに、色々なことが起きすぎる。

午後三時

ＪＴＰ　14階　ファイナンシャル本部　不動産課

ファイナンシャル本部のオフィス空間は、その日の仕事内容で場を自由に選択できるようフリーアドレスの机と椅子が並び、窓側にミーティングエリアを配置し、コピーコーナー、ロッカーなどはエレベーターホール寄りに配置されている。森をモチーフに、白と木目を基調にした内装がＬＥＤの照明に映える。

不動産課長の三上は、事業統括本部の風力発電事業開発部の山本《やまもと》課長代理を呼び出した。秋田県で来年から着工予定の風力発電事業について、山本の開発部から不動産課に用地買収の依頼があったからだ。

山本が作成した事業説明の資料は、どこにでもある綺麗事《きれいごと》を羅列したＰＰＴで、用地買収についての記述がほとんどない。この種の事業で最も厄介なのは、地元との調整と用地買収だ。

「この事業は三セクの合意は得られているのですか」

三上は山本に問うた。

「はい」

「地元への事業説明は」

「これからです」

「合意を取りつけられそうですか」

「おそらく」

「おそらくですって」

大袈裟《おおげさ》に三上は眉間《みけん》に皺《しわ》を寄せてみせた。

「元町長や商工会の会長など、有力者との関係もありますから、まだなんとも」

「そんな状況で、我々に用地買収を進めてくれとおっしゃるのですか」

「用地買収はこの事業の鍵《かぎ》です。なんとか三上さんの所でお願いします」

「それじゃお聞きしますが、貴部はなにを」

「当部は発電が開始されたあとの事業性について検討します」

「ふざけないでください」

三上は、苛立った声を発した。

「山本さん。これは課と課の受委託の話ですよ。つまり契約です。おたくの部はそんないい加減な態度で仕事に取り組まれているのですか」

「しかし」

「ファイナンシャル本部は、本業が軌道に乗るまでと必死で会社を支えています。なのに、こんな中途半端な業務計画を、私から片山常務に上げられない。あなたからお願いします。あとで呼び出しがあるでしょうから、席でお待ちください」

肩を落とした山本課長代理が不動産課を出て行く。

「課長。なかなか厳しいですね」

一つ向こうの島から寄ってきた横田係長が囁《ささや》いた。

書類に目を通しながら三上は言葉を返す。

「みんな甘えてるよな。なんとかして、人に面倒を押しつけようとしやがる」

「今ごろ、山本さんはビビってますよ。なにせ片山常務から呼び出されるんですから。しかも用買が遅れれば、今度は名取副社長から責任を問われることになる」

事業統括本部の山本は名取の配下だ。彼は生真面目《きまじめ》で責任感の強い男だった。

「課長。片山常務にこの話を上げるのですか」

「まだ早い。もう少し、様子を見る」

まめに報告したところで、「そんなつまらない事を一々上げて来るな」と怒鳴られるのがおちだ。

そのとき、机のスマホが鳴った。片山だった。

「三上です」

(お前、やるべきことをやっているんだろうな)

「もちろんです」

(情報がまったく入ってこないぞ)

「申し訳ございません」

(さっさと動け)

そこで、電話は切れた。

珍しく片山が焦っている。今回の件に懸ける片山の執念を感じた。片山との付き合い方はよく心得ている。

三上は時計を見た。山本が帰ってから二十分が経《た》っていた。

三上なりの間の取り方だった。

受話器を取る。

「三上です。さっきの件でちょっと来てもらえますか」

蟻《あり》地獄に落ちかけた獲物は逃さない。


すぐに山本が飛んできた。

「確かに、我々は運命共同体です。そっちにはそっちの事情があるでしょうから、この件はやってみましょう」

「ありがとうございます」と山本が両膝《りょうひざ》につきそうなほど頭を下げる。

「ところで、山本さん。一つご相談があるのですが」

山本の耳元に顔を寄せた三上はあることを囁いた。

「えっ……。でも」

「もちろん、頂いた情報は誰にも漏らしません。今回の件もそうですが、決して悪いようにはしませんから」

真顔で考え込んでいた山本が、やがて小さく頷《うなず》く。

獲物が穴に落ちた。

「お願いします」

三上は丁寧に頭を下げた。

山本が部屋を出て行くと横田係長が飛んでくる。

「こっちで用買を受けるんですか」

「協力してやれ」

「はっ？」と横田が不服そうな表情を浮かべるが、それ以上説明する必要はない。あるのは指示だけだ。

結局、三上は片山と同じことを部下に強いている。会社への忠誠心、片山への服従、そして倫理観。なにが正しいかを迷うということは、答えが複数あるからだ。しかし、三上にとって答えは一つしかない。片山が正しいのだ。

片山のことを妄信しているわけではない。ただ、残された会社人生を考えたとき、彼と今しかないのだ。

午後五時
JTP　12階　管理本部　秘書室

原田総務部長が弓波を訪ねてきた。

どこかで二人だけで話したいと言うから、大賀たちのときと同じ会議室を使う。

秘書室の会議室は密談をする場ではないのに。

「お前はどっちにつく」

部屋に入った途端、同期の原田が切り出した。ただし給与等級は原田が一つ上だ。

「なんの話だ」

「とぼけるな。お前、片山常務につく気じゃないだろうな」

またた。仕事そっちのけでそろばんを弾《はじ》く連中が、社内に溢《あふ》れている。

「どっちでもない。そんなことよりお前も総務部長なら、この難局をどう切り抜けるか考えろよ」

「難局を切り抜けるには、誰が社長になるのかはっきりさせる必要がある。田中社長と京浜銀行による取締役会刷新の動きがあるのを知っているか」

弓波は首を横に振る。

「だから、お前はとろいんだよ。そんな怪しい動きの中で社長が消えた。なにが起きているのかはっきりしないうちは、危なくって動けない」

「おい。田中社長はまだ退任したわけじゃない」

「時計の針は戻せない」

「お前たちは勝手に時計を進めている」

「電池が切れかけていたからだ」

「原田。お前は名取副社長に従うのか」

「片山常務よりはマシだろう」

「そうかな」

「弓波。お前が名取副社長を嫌うのはもっともだが、ここで選択を誤ると、本当に潰されるぞ。残りのサラリーマン人生を子会社の部長で終えるつもりか」

原田らしい底の浅い脅しだった。

誰も彼も人生のそろばん勘定が好きだ。ただ、彼らは忘れている。そろばんを弾けるのは会社が存在するからだ。己の未来を算段する前に、未来を支える土台を心配した方が良い。派閥争いに奔走する者には、社を想う気持ちどころか、誇りも志もないらしい。

「悪いが、次の打ち合わせが始まるから、ここまでにしてくれ」

「それでいいんだな」

「一方的に押しかけてきて、勝手なことを言うな」

弓波の愛想尽かしに、憮然《ぶぜん》とした表情で原田が部屋を出て行く。

弓波のサラリーマン人生もそう長くはない。

今さら多くのことは望まない。

退職の日に、挨拶で社内を回ることもなく、ひっそりと机を片づけ、花束をもらえるだけで十分だ。

午後七時
東京都　千代田区　飯田橋四丁目

弓波は田中社長の周辺を調べてみたが、私的なトラブルがあったとは思えない。腑《ふ》に落ちないことがあるとするなら、失踪した翌日、つまり火曜日に社長は京浜銀行の中曽根頭取とのアポを入れていたのに、月曜日の午後、社用車を使わずに外出したことぐらいだ。

それらの事実がなにを意味するのか。もしかして、彼は戻ってくるつもりなのか。すでに、社内は後継選任の方向で動き始めている。

たしかなことは、社が危機を迎えていること。『週刊東京』の記事が真実かどうかは別にしても、社長が姿を消したこと、名取派と片山派の派閥争いが激化しているのは事実だ。中国系ファンドが、経営にちょっかいを出そうとしている中で、総会までの時間は一カ月しかない。

帰宅途中、弓波は本社ビルから富士見《ふじみ》一丁目の町並みを抜けて、目白《めじろ》通りに向かって歩く。目白通りの一本手前、飯田橋四丁目の道沿にあるバーに寄った。

地下1階にある、隠れ家的な雰囲気のバーは木目の内装、照明を落とした室内、チーク材のカウンターに席は八席だけ。カウンターの正面にあるバックバーには、マスターが集めた世界中のウイスキーが並んでいる。

店の名前は『Ｄｅｂｂｙ』だ。

一人で店を切り盛りしているマスターとの距離感が気に入った弓波は、五年前に通い始めた。

「おや、弓波さん。お久しぶりです」

二年前と少しも変わらないマスターの笑顔が、迎えてくれた。

「戻ってきました」

「そうですか。お帰りなさい」

マスターは、十八年前に脱サラしてこの店を始めた男だ。

弓波が九州への異動を告げられたとき、彼自身が勤め人だった頃の「長い物には巻かれろ」的な考え方と、「譲れない一線」の葛藤《かっとう》、経験について語ってくれた。お説教や慰めでなく、淡々と自身の経験を語ってくれた。

「また、よろしくお願いします」

弓波の指定席だった、右から三番目の席に腰をおろすと、マスターが黙ってダルウィニーのシングルをロックで出してくれる。ＢＧＭはビル・エヴァンスだが、弓波は彼よりもスコット・ラファロのベースがお気に入りだった。

久しぶりにハイランドウイスキーのダルウィニーを口に含む。

「弓波さん。ご栄転の割には表情が冴《さ》えませんね」

「栄転？」

自嘲《じちょう》の笑みを口端に浮かべた弓波は、月曜日からの出来事を告白した。

「東京に戻った早々、厄介ごとに巻き込まれました。なんで私が、と正直思います」

「そのお立場にあるからでしょう」

「なんの説明もなく姿を消した社長には、残された部下の気持ちなど些細《ささい》なことらしい」

「穏やかじゃないですね」

「役目を終えれば、あとは切り捨てるだけ。私を担ごうとする連中も似たり寄ったりの腹でしょう」

「慕ってくれる部下のために立つ、というのも人生に一度は必要かもしれない」

「今どき、男気の世界ですか」

「反面、人事の本質は感情。しかも、組織で人事は最大の武器。だから綺麗事では済まない」

「私はどうすれば」

「今は物事が動き始めたばかり。今、動いている連中は足音に驚いて一斉に飛び立つ鳩《はと》と同じです」

「私は、そんな騒ぎを遠くから眺めている雀《すずめ》です」

「乱世では、上の者は部下の値踏みに時間をかけるものです。機を見るに敏な者より、賢者を好むもの」

マスターが二杯目のグラスを、そっとカウンターに置いてくれた。

午後十時三十分

千葉県　船橋市　本中山三丁目

酔客で混み合う電車から解放され、西船橋《にしふなばし》の駅からJRの線路沿いに西へ歩く。線路の南側にマンションや低層の雑居ビルが並ぶ雑多な街を抜けると、本中山《もとなかやま》三丁目の住宅街だ。敷地が90平米のシンプルモダンな外観の家は、片流れ屋根にモルタルの外壁で直線的なデザインが強調され、色はモノトーンを基調としていた。東西線一本で通えるから、と12年前に20年のローンを組んで手に入れた、小さくて平凡だけれど弓波の城だった。

玄関の扉を開ける。

靴を脱いで廊下を抜け、足音を忍ばせて階段を上がり、寝室の扉を開ける。物音に気をつけながら、着替えを始める。

パジャマの理恵子《りえこ》が起き上がった。

「お帰りなさい」

「食事は済ませたの」

「なにかあるか」

「ならメールくれればいいのに。今、温めるわ」

聞き慣れた愚痴をこぼしながら、理恵子が1階のリビング兼ダイニングへ下りて行く。

「お風呂《ふろ》は」

「あとでシャワーを浴びる」

弓波もパジャマに着替えて1階へ下りると、理恵子が晩御飯の仕度をしてくれていた。テーブルに並べられたのは、酢の物と煮物の小鉢、焼き魚とつけ合わせ、サラダ、味噌汁《みそしる》、そしてご飯。

「ビールは」

「軽く飲んできたから、今日はやめとく」

弓波は黙々と食事を始めた。

あくびしながら理恵子が弓波の向かいに座る。

「明日も遅いの」

「ああ。色々あってな」

「そんなことなら九州にいればよかったのにね」

「宮仕えの身なんだから仕方ないだろ」

「あなたは優しすぎるのよ。あなたが尽くした分、会社は応《こた》えてくれた？」

気楽なものだ。正直、そう思った。

「あの話、考えてくれたか」

弓波は話題を変えた。

「なんのこと」

「交代で松山《まつやま》へ行って親の面倒をみる話」

「今は無理ね」

「どうして」

「あなたが仕事続けたまま、交代でなんて中途半端な気持ちじゃ無理よ」

「俺たちの老後のことも考えて準備を始める時期だ。老後の問題は、親も俺たちも同じじゃないか」

「老後、老後って言うけど、あなたがいる限り私に老後はないのよ。わかってる？」

「引退したら、自分でできることは自分でやるよ」

「無理ね」

「どうして」

「無理ってことがわかってないから」

ぐうの音も出ない。

理恵子が立ち上がる。

「先に寝るわよ。食べ終わったら流しに置いておいて。明日、洗うから。それから風呂の火の元はちゃんと消してよ。あなた、よく忘れるんだから」

それじゃ、お休みなさいと理恵子が寝室に戻っていった。

一人になった弓波は冷蔵庫から缶ビールを取り出した。

一気に喉《のど》へ流し込む。

月曜日からの出来事を思い返した。株主総会を控えたこの時期、すべては週刊誌によるリーク記事と社長の失踪から始まった。

失踪直前の田中による「職責を果たせ」との指示。

社長の失踪を待っていたかのごとく、名取と片山の後継争いが勃発《ぼっぱつ》した。

『週刊東京』の記事掲載を知った総務の混乱、名取の挑発的な記者会見と身勝手な指示、

大賀たちの協力要請、原田の勧誘。そして、冷めた社内の空気。

弓波が厄介ごとに巻き込まれる予感を抱かせるのに十分だった。

2章

(1)

五月二十三日　金曜日　午前九時

東京都　千代田区　富士見一丁目　株式会社ジャパンテックパワー

14階のファイナンシャル本部の会議室は、白い壁に黒の扉でコントラストをつけた内装、ロの字に配置された机と黄色い座面の椅子《いす》が、黒いタイルカーペットの上に並べられている。

「この社へ出資することの良し悪《よあ》しをどう判断するんだ」

片山常務が配布された案件審査会の資料から顔を上げた。

審査を受ける担当者たちが、『JTPのアル・カポネ』に萎縮《いしゅく》している。

不動産課長の三上は黙って椅子に腰かけていた。

これから、高齢者見守りシステムを提供しているA社への出資が審議される。A社は手首につけたセンサー兼モニターで、独り暮らしや就寝中の高齢者に異変が起きたときは、すぐに家族や関係者に通知が届くサービスを提供している。

「A社にかんするいくつかの経営指標の中で、売上高総利益率、売上原価率、売上高営業利益率、経常利益増加率に着目して……」

「おい、俺《おれ》は証券会社の株価ボードを眺めている爺《じい》さんじゃないんだよ。投資のハウツーなど今さら説明してる場合か」

「この社については、先ほど申し上げた四つの指標を見ることで……」

「うまく行くわけないだろう」

「はっ？」

「こんな出資、回収できるわけがない。やめちまえ」

「では、本件は見送るというご判断ですか」

「見送るとは言ってない。俺がゴーサインを出せる根拠を示せ」

「どっ、どこに片山常務はご不安を」

「海の物とも山の物ともつかない企業への、二十億を超える出資のリスクをどうやってヘッジするんだ」

「経常利益増加率を見ても、A社に目立ったリスクは……」

「焦げついたら、お前が全責任を負うのか！」

片山の雷が落ちる。

彼の案件審査会は、いつも同じことの繰り返しだ。

「やめておけ」「うまくいくわけがない」「見送れ」

片山は常にネガティブな意見を述べる。

なぜか。

失敗したら「俺が言ったとおりだろ」と胸を張り、成功したら「俺が忠告したからだぞ」という論法で恩を売れる。批判と反対は、知恵がなくとも自身の存在をアピールできる最も安易な手口だ。

そもそも、片山はライバルが体を壊したことで役員の地位を手に入れた。役員になるためには、健康と運は必要条件なのだ。その意味では片山は運を持っている。役員としての最初の仕事は、ライバル配下の社員を徹底的に粛清することだった。彼のマネジメントは、有力者の命令には絶対服従しながら、部下へは『教育』という名目のパワハラにすぎない。

「ダメだな。やめとけ」

「しかし」

「嫌なら、俺が絶対にドジを踏まないと思える案を持ってこい」

出資担当者たちは予言者ではない。絶対に失敗しない、必ず利益が出ると言い切れる事業などどこにある。

答えが決まっている審査会に引きずり出された挙句、痛罵《つうば》された担当者たちが揃《そろ》ってうなだれる。

「まったく、どいつもこいつも」

片山の悪態が室内に響く。

「それより、先日取得した千代田区の土地はどうなった」

思いついたように、片山が話題を変える。

三上はすかさず手を挙げた。

「取得した額の三割増しで転売できそうです」

瞬時の応答と落ち着いた声。長く仕えた日々の中で体に染みついた間の取り方だった。周りが三上をどう見ているかなど関係ない。片山の機嫌が大事なのだ。

「そうだと思っていたよ。だから、あのとき言ったろう」

自慢げに片山が含み笑いを浮かべる。

「片山常務の的確なご判断のおかげです」

三上はしっかりフォローを入れる。

的確なご判断。片山が一向に首を縦に振らないから、最後は田中社長の決裁で取得した土地なのに。判断したのは社長だが、業績は片山のものらしい。

そんな御都合主義に異を唱えれば、地方支店勤務が待っている。

以前から三上は思っていた。もし、片山がわざと『上司が当てにならないから、自分たちがやるしかない』と思わせることで、部下のやる気を引き出させているなら褒《ほ》め称《たた》えられるべき経営者だ。ただ、口には出せないけれど、そんなことはありえない。ハウツー本の受け売りで、一度叱《しか》り飛ばしておいてから優しくすれば部下がついてくると信じている男が、百回生まれ変わっても社長の器になれるわけがない。

同時刻

JTP　13階　管理本部　総務部

火曜日以降、田中の失踪《しっそう》のせいで弓波は社内外の調整に走り回っていた。

社外のアポや社内決裁の再調整が山積みだ。連日、対応への打合わせと各方面への謝罪、連絡に忙殺されている。

日を追うごとに、複数の部署から問い合わせや依頼が殺到する。

さらに厄介なのは、取締役や役員連中へ社長の業務代行を依頼すること。「なぜ、私が」と全員が渋る。

それはあなたの仕事ですよ、という理屈が通じない。

そんなとき、今朝、桑代から総会対策も担当するように命じられた。

「そこまで手が回りません」と頑《かたく》なに断ろうとする弓波に、「それは誰《だれ》も同じだ」と桑代が応じる。

――その「誰も」が誰か言ってみろ。

二年間、冷や飯を食ってきた弓波はこう思う。

出しゃばるな。前に出るな。余計なことに首を突っ込むな。

なのに、桑代までがちょっかいを出してくる。弓波の中で、溜《た》まりに溜まった不満が発酵して、わずかな火花で爆発しそうだった。

総務部に関係者が集められ、新社長を選任するための取締役会と、株主総会の日程、それまでの段取りが決められていく。

ふて腐れた弓波は、黙ったまま用意された席に腰かけていた。

「それでは、今後の日程についてご報告いたします」と担当の深沢《ふかざわ》係長が説明を始める。

深沢は若いのに優秀だと名が知られていた。童顔で刈り上げベリーショートの髪型、グレーの生地にストライプ柄のスーツを着こなした深沢は、まるで外交官を思わせる。

六月六日　（金）に招集通知を証券取引所に提出。
六月十一日（水）に招集通知の発送、計算書類、事業報告を提出すると同時に、監査報告を本店と支店に備置。
七月二日　（水）に議決権行使の期限。
七月三日　（木）に株主総会。

「この日程で進めたいと思います」

「決算取締役会はどうする」

　原田が問う。

「社長交代という緊急事態が発生したため、五月十九日の月曜日に開催した決算取締役会でお諮《はか》りした計算書類、事業報告の承認はそのままに、六月三日の火曜日に新社長の選任、総会招集事項、付議議案の決定をまとめて行って頂く臨時の決算取締役会を開催し、その後、ただちに決定内容を証券取引所へ通知したいと思います」

「株主提案権の行使期限は」

　株主提案権を行使できる株主は、総株主の議決権の百分の一または三百個以上の議決権を半年前から保有していることが必要になる。

「五月八日の木曜日を株主提案権行使期限としておりましたが、二十九日の木曜日まで延長する旨をホームページに掲載いたします」

「提案権の行使期限は、総会の八週間前までと決まっているじゃないか。なぜ延ばすのだ」

「現在の弊社を取り巻く状況から延長すべきと監査役、顧問弁護士からのご指摘でした。また、議案に新社長の承認が今後新たに加わりますので、議案通知請求権も同様の措置とします」

「総会の五週間前になって、株主から議案を提案されて対応できるのか」

　会社は、株主から提案権行使の申し出を受けた場合、まず資格審査、つまり株主確認、持株要件、保有期間、請求日の確認を行う。次に提案内容の審査、つまり提案議題・議案、および個数が法令・定款に違反していないか、確認することになる。時間がないのは明らかだった。

「やるしかないかと」

「簡単に言うな。誰がやると思っているんだ」

原田が苛立《いらだ》ちを露《あら》わにする。彼にとっては気の進まない会議ゆえに、自分が責任を背負わされる発言や提案には敏感だ。かといって、原田に代案はない。

「提案株主への確認と意見照会を行ってから、六月三日の臨時取締役会にて、総会へ付議するか否かの確認と取締役意見の作成をあわせて行いたいと思います」

原田がなんと言おうが、どうしようもない。株主提案権行使がなされ、それが法定要件を具備する場合には、株主総会の議題・議案として、会社提案の議題・議案に加えて招集通知に記載しなければならない。

こんなことになったのは、むしろＪＴＰの混乱が原因だった。

「招集通知を発すべき株主のチェックは終わっているのか」

原田が深沢の段取りを確認した。

「すでに終了しています」

招集通知を送る相手は、株主総会で議決権を行使できる株主であり、ある時点で株主名簿に記録された者のうち、議決権を持っていることが条件となる。ちなみに、議決権がない単元未満株式、つまり金融商品取引所で決められている最低売買単位、百株に満たない株式しか保有しない株主は含まれない。

「今度の総会は荒れることが予想される。定足数はどうやって確保する」

定足数とは、株主総会で議案を決議するために出席しなければならない株主の人数のことだ。

「今回はむしろ例年を上回る出席者が予想されます」

「矢継ぎ早に質問をぶつけてくるだろうファンドの勢いに押されないよう、きちんとサクラを用意しておけよ」

原田が念を押す。

「承知しました」

「もう一つ。ファンドが新取締役の選任に反対する可能性がある。議決権行使書での賛否の読みは」

総会で議決権を行使できる議決権株主の数が1000人以上の場合は、総会に出席しない株主が書面によって議決権を行使できるよう、書面投票制度の採用を義務づけられている。

「これぱかりはなんとも。昨年と同じなら、否決されることはよもやあるまいと思いますが、今年は……。念のために、安定株主の方々へ事前説明に回ります」

今回の総会は新取締役の承認と、中国系ファンドの株主提案、もしくは修正動議がポイントになる。ただ、総務は荒れた総会など経験したことがない。

その事実が弓波を不安にする。他人事《ひとごと》とはいえ、漠として、対策への確信が持てない。

ただ、弓波は一言も発すまいと心に決めている。

誰かのひそひそ話が聞こえてきた。

弓波の対面で、原田の耳元に顔を近づけた社長室の内山《うちやま》部長が、なにかを告げている。

内山の弱気な表情と対照的に、原田の表情が険しくなる。

それだけでも両者の上下関係が透けて見える。

「こっちではやらないぞ」

原田が声を上げた。

「しかし」

内山が顔をしかめる。

「なんで総務が受けるんだよ。ダメだ」

「ですが、この件は総務に引き受けて頂くべきと思います」

どうやら、内山が持ってきたのは、総会当日までの状況を逐次、総務が取締役に報告するという提案らしい。

「ダメだな」

「じゃあ、どこでやるのですか」

「そんなことは知らん。お前が考えろ。とにかくうちの仕事じゃない」

原田が内山の要請を突っぱねる。

原田は自分の評価につながる仕事以外は絶対に請けない。

週刊誌の追加記事、ファンドの動き。これから総会までのあいだ、日々状況が変わるだろう。そのたびに、「ファンドへの対応はどうなっている」「議決権行使書の確保は大丈夫だろうな」「ファンドから株主提案は出たのか」「総会の場で、修正動議が出されることはないだろうな」などなど、矢継ぎ早の質問と気まぐれな指示に対応させられる可能性が高い。

原田が最も嫌う仕事だ。彼は、厄介事は平気で人に振る。

「ちょっと相談だがな」

原田が左前に座る経営管理部の斎藤《さいとう》部長を手招きする。

「なんでしょうか」

「この件は、経営管理部で請けるべきと思わんか」

「でも、内山さんは原田さんに」

「言ったろう。総務の仕事じゃない」

平然とした原田と面食らう斎藤。さながら、敵の大群に取り囲まれた城内で、不毛な詮《せん》議《ぎ》を繰り返す家臣団を思わせる。いかに敵に対峙《たいじ》するかではなく、いかにすれば敵と向き合わなくて済むかの綱引きが行われていた。

「でも、なんでうちなんですか」

「仕事は組織横断的に対応すべきだろうが」

「総会については、例年、総務が仕切られてますよ」

「今年は例外だ。当社の状況を考えろ。大荒れになるかもしれないから、こっちは総会の対外的な準備で手一杯なんだ。そっちでやってくれ」

「無理ですって」

「斎藤。お前、そんなこと言っていいのか」

「勘弁してくださいよ」

「許さん」

「どうしてですか」

「名取副社長の指示なんだよ」

一転、ドスを利かせた原田の声に斎藤が口をつぐむ。その顔には、「そんなわけないでしょ」と書いてある。組織で無理を通す奥の手は、大声の押しと上司の後ろ盾だ。原田は実務の裁きより、内輪の駆け引きに長《た》けている。

「頼んだぞ」

原田がそこで話を打ち切った。

憮然《ぶぜん》とした表情で、斎藤がそっぽを向く。

弓波はよく知っている。同期の総務部長は自慢話と説教好きの小心者だ。酒席での原田は、部下たち相手のマウンティングに余念がない。

「俺はな、来年あたり役員だぞ」「もう決まってるんですか」「考えてもみろ。バッジとの関係は俺にしかできないよ。役員にふさわしいと思わんか」「はあ」「名取副社長からも、次は俺だと言われてる。だから、俺を大事にした方がいいぞ」

酒席でこんな話を、延々と聞かされる部下もたまったものではない。

上昇志向が強い小心者は自慢話に酔う。理由は簡単で、自分を大きく見せたい、そして、飽くなき自己肯定だ。

原田は自慢話だけではない。どこで仕入れてくるのか、社員の人事にも詳しいから、『陰の人事部長』と呼ばれる。

バッジとの関係を自慢する割に、実際はたいした人脈を持たないから、上から「相手のキーマンを紹介しろ」と求められた途端、のらりくらりと言い訳を繰り返す。

どんな役職を纏《まと》っても、綻《ほころ》びから本性や実力が顔を出すものだ。

同時刻

ＪＴＰ　15階　事業統括本部長室

名取は、西に開けた広い窓から朝日に浮かぶ富士山を見つめていた。

今年は名取にとって節目の年になるかもしれない。

六月の株主総会が山場になる。

まずは決算取締役会で自身が社長に指名され、総会で新たな取締役選任の議案が承認されなければばならない。総会の議案が確定して株主総会招集通知が発送されれば、総会で自身が社長に選ばれるべく、必要数の議決権行使書の取りまとめを、名取は原田総務部長に命じていた。

「お呼びでしょうか」

ノックとともに、原田が姿を見せた。

「私の段取りは終わった。社長指名の取締役選任議案に承認を得られるよう、必要数の議決権行使書をまとめる段取りは完璧《かんぺき》だろうな」

窓の外を見たまま名取は問う。

「京浜銀行の支持も得られたのでしょうか」

従順の極みを感じさせる原田の声。

「私の指示を実行するのに、その質問は必要か」

「申し訳ございません」

「総会の準備は順調だろうな」

「決算取締役会は六月三日に決まりました。そこから日を追って遅滞なく準備を進めます。それ以外は事業報告、計算書類、監査報告、いずれも作成済みです」

「ようやく決まったのか」

「新井社外取締役がお忙しかったらしく、調整に手間取りました」

「調整に時間がかかったのは新井取締役のせいではなく、お前のせいだ」

「今後、心します」

「余計な仕事や調整が増えないよう、株主提案権の行使期限は早く締め切ってしまえよ」

「しかし」

わざと名取から見える位置で、副社長の発言をメモする原田の姿は、ペンと手帳を片手に独裁者を取り囲む某国の将軍を思わせる。

「しかし、なんだ」

「社長室が決算取締役会前の二十九日まで延長することを決めてしまいました」

「総会の段取りは、総務が仕切るんじゃないのか」

「この件は社長室に任せてあります」

「なぜ担当を分ける」

「社長室と経営管理部が、総務は総会対応に注力して欲しいと」

「このところ逐次の報告がない」

「経営管理部が是非仕切りたいとのことなので任せることにしました。本来は総務の仕事だと押し返そうとしたのですが、あちらの顔も立てねばならないので」

「お前、それでよく総務部長が務まるな」

名取の不機嫌に原田がペンを持った手を下ろす。

「片山は私が社長に選任された場合、総会でその議案を否決すべく着々と動いている。取締役選任の議案を否決し、片山を社長に推す修正動議をファンドから提案させるつもりだろう」

「中国の力を借りてでも社長の椅子に座りたいということですか」

「片山らしい。だからこそ、議決権行使書の取りまとめをしくじるなよ」

「鋭意進めております」

「鋭意……か」

名取は部下を振り返った。

「何事も順調なら人は笑って答える。どこかに不安があれば、人は保険として自分の努力を訴える」

「決してそのようなことは……」

「原田。自身の未来をどう見ている？　お前の明日も総会の結果にかかっているんだぞ」

「はい」

「時代は変わった。人々は自分が内向きでも、日々の生活は安泰だと信じている。日本が没落することなどありえないと。平和な繁栄が長く続いたせいだ」

「最近の若い連中には呆《あき》れます」

「総務の肩代わりを申し出るほど、社長室や経営管理部はいつから積極的になった」

はっ？　と原田が目を見開く。

「長い平和のせいで、我が社にも他人任せの管理者が現れたようだ。彼らの口癖は『できない』だ。『まず断る』管理職は組織に根づいた腫瘍《しゆよう》だ」

唇の端を嚙《か》んだ原田が俯《うつむ》く。

「原田。常に、献身的に組織を率いる覚悟はできているのか」

「も、もちろんです」

「そうか。安心したよ」

名取は冷めた表情を浮かべた。

午後七時
東京都　中央区　銀座七丁目

弓波は社長行きつけの銀座の店を訪ねた。

店は銀座七丁目のビルの3階にある。扉を入ったエントランスには豪華な花が飾られ、高い天井と間接照明、カウンターだけの室内。白を基調にした内装が、ママの趣味と品の良さを感じさせる。ホステスによる接待はないが、田中社長は隠れ家的に使っていて、独りか、気の置けない友人だけと訪れる店だった。以前、弓波も何度か連れて来てもらったことがある。

まだ、時間が早いこともあって客はいない。

「あら、弓波さん。お久しぶり。戻ってこられたのね。ご栄転、おめでとうございます」

和装のママが満面の笑みで迎えてくれた。

支店から本社への異動は、なんであれ『栄転』らしい。

美人ではないが、彼女の笑顔には人柄の良さがにじみ出ている。常連たちはママの気さくで、飾らない性格に惹《ひ》きつけられている。

「ママも元気そうじゃない」と弓波はカウンターに座った。

「ダルウィニーのロックね」

スコッチのボトルとクラッシュアイスが入ったアイスペールを、ママがテーブルに置く。

「覚えてくれてたの」

「もちろん」

スコットランドのハイランド地方で二番目に標高の高い蒸溜所《じょうりゅうじょ》で造られたシングルモルトウイスキーが、氷を入れたグラスに注がれる。

「どうぞ」

ママが弓波の前に、グラスを置いてくれた。

弓波は一口、お気に入りのスコッチを口に含んだ。

「社長は最近、いつ顔を出した？」

「先週の木曜日かな」

「そのとき、なにか話してなかった？」

「どうしたの、そんなこと聞いて」

「誰にも言わない？」

弓波はグラスに視線を落とす。

「当たり前でしょ」

「社長が火曜日から姿を見せない。総会も近いから、会って話したいけど、連絡が取れないんだ」

「どこか旅行に行ってるんじゃないの」

「会社に連絡も入れず旅行へ出かけるような人じゃないのは、ママも知っているはず」

「事件に巻き込まれたとか」

「それはないいな」

「いずれにしても、彼の行方を追っているのね」

「うん。秘書室長として、社長に戻ってきてもらわないと、どうしようもない」

ならば協力しないとね、とママがしばらく記憶の糸を手繰ってくれる。

「そう言えば」

ママによると最近、社長の機嫌が悪くて、よく名取副社長や片山常務、メインバンクである京浜銀行のことを愚痴っていたそうだ。

「愚痴？」

「あいつらは俺の苦労も知らないで呑気《のんき》なもんだって」

「……そう」

「弓波さん。彼はこのまま引退する気なの」

「そんな予感がする」

「それじゃ、次は誰が社長になるの。名取副社長？　それとも片山常務？」

「まだ、なにも決まってない」

「どっちでも大変……」

ママが乾き物の小皿を弓波の前に置く。

「さし出がましいこと聞いていい」

「なに」

「弓波さんは、名取副社長のことどう思ってるの」

「別に」

「随分、優しいのね」

「もう忘れたよ」

弓波は、グラスの中で氷を回してみせた。

「名取副社長って、毎月社報にメッセージを発信してるんでしょ」

「うん」

「その時々、話題になっている本を秘書に読ませて感想文を書かせ、さも自分が読んだごとく社報に載せてるって聞いたわ」

「本当？」

「そんな人にとっては、なんでも言うことを聞く部下がすべてなんじゃない。取り巻き以外に興味はないわ。だから、弓波さんも気をつけなさいよ」

「多くの社員を踏み台にしてきたのは彼だけじゃない」

「そうね。片山常務だって同じだわ。知ってる？」

「というと」

「部下を引き連れた銀座の高級クラブで、わざとロマネ・コンティを注文して、支払いを任せた部下の慌てぶりを楽しんでるわよ」

「たちが悪いな」

「それだけじゃない。出張の際、先に空港へ行かせた秘書にチェックインをさせておいて、自分は出発時間ギリギリに悠々と出かける。自分のために飛行機を待たせる優越感に酔う男よ」

「なぜそんなことを」

「周りをひれ伏させたい、という支配欲じゃないの」

否定はしない。というのも、弓波も多くのものを見てきた。見て見ぬふりをしたもの、蓋《ふた》をしたもの、憤ったもの。数え切れない醜聞が教えるのは、大きな野心は人を無慈悲で下品な生き物に貶《おとし》めるということ。

「社長はどこへ行ったと思う」

「実はね、来週末に、私と旅行の約束をしていたから失踪するとは思えないわ」

姿を消す理由がないと。なにも変わりはなかったと。

でも、失踪当日、珍しく社長は社用車を断っている。「雨が降っていますが」と気遣う運転手に、社長は「自分で行くから心配するな」と答えていた。

「この混乱の責任の一端は社長にある。社内の混乱を収めるためにも、社外に説明するためにも一度は戻ってくるべきだ。そう思わない?」

「でも、どうしてあなたが探すの」

「だって、秘書室長だからね。企画室長や社長室長とは違うんだよ」

弓波はグラスをカウンターに戻した。

「彼の他に社長が務まる者なんていると思う? それがうちの現状だよ」

新体制へ移行するにしても、それはスムーズに、円満に行われなければならない。不用意に外部の不安を煽《あお》る必要がどこにある。経営者はその責任を負っているのだ。

（2）

五月二十八日　水曜日　午前十一時

東京都　千代田区　霞が関一丁目　経済産業省　資源エネルギー庁

今日発売の『週刊東京』に、社内抗争のスキャンダルと、中国系ファンドとの不透明な関係の第二報に加え、田中社長が失踪した事実が掲載された。たちまち、『JTPは中国に身売りする気か』と、SNSが騒がしくなる。

昼過ぎ、会社の前に乗りつけた街宣車が、『社長を出せ。でないと、株主総会で責任を追及するぞ』と拡声器でアジる。

総務部の社員が社屋前に並んで玄関をブロックする。

会社の株価が大きく下がる。

株主総会が荒れる要素がすべて整った。


弓波は、経産省資源エネルギー庁省エネルギー・新エネルギー部の政策推進課長から呼び出された。本当は名取が呼ばれていたのに、「予定が入っているから、代わりに秘書室長のお前が行ってこい」と無理強いされたのだ。こんなとき、名取は弓波に秘書室長であることを求める。

1階の受付で、氏名、訪問先、人数を告げてセキュリティカードを受け取り、ゲートを抜けてエレベーターに乗る。

4階の政策推進課。

通された狭い打ち合わせスペースで、弓波は、まだ40歳代と思われる課長と名刺を交換した。

名前は江口浩司《えぐちこうじ》。

背の高さは弓波とほとんど変わらない。量販店のものとおぼしきスーツに、派手なストライプシャツ、髪をツーブロックで決めたスリムな江口浩司は官僚というより海外勤務の商社マンを思わせる。

「お忙しいなか、わざわざ呼び出してすみません。少し、お話を伺いたいと思います」

「いえ、こちらこそ」

「率直に申し上げます」

パイプ椅子に腰かけ、机の上で指を組んだ江口は穏やかな物腰だった。

敬意の欠けらも感じさせない鋭い視線以外は。

「御社の内部統制は機能していますか」

「と、申しますと」

「週刊誌の格好の標的にされて世間の笑い者となり、挙句に市場を混乱させている」

笑い者？

弓波はムカついた。なんだ、この若造は。

「我が社を笑っているのは誰でしょうか」

弓波の怒りに気づいても、江口は顔色一つ変えない。

「上も懸念しています。一日も早く混乱を終息させて頂きたい」

「混乱などありません。社内はいつもどおりです」

「社長が失踪したのに、社内が落ち着いているとはたいしたものです」

「我が社は人材が豊富ですから」

「先日の名取副社長の謝罪会見は最低だった」

「謝罪会見ではありません。マスコミが会いたいと申し入れてきたから、会っただけです」

「世間はそう思っていませんよ」

「ですから……」

「弓波さん！」と高圧的に江口が言葉を被《かぶ》せる。「主要株主から、御社は大丈夫か、経産省が厳しく指導すべきだ、と複数の意見が寄せられている。お分かりですよね」

「株主が弊社ではなく、お役所にあれこれ要望する理由は」

「御社が迷走しているからです」

「随分と上からものをおっしゃいますね。我が社は独立した企業ですよ」

「もちろん。だからこそ法人として法務省令、そして会社法に従わねばならない」

「そんなことは理解しています」

「それに、そもそも経産省がなければ、御社など存在しなかった」

江口に冷水を浴びせられた。確かに、それは嘘《うそ》ではない。ＪＴＰは国策で設立された会社だった。日の丸を背負っているせいか、時々、社内の緩みを感じることがあるのは事実だ。

弓波は次の言葉が出なかった。

小馬鹿にしたように、江口が取り澄ました表情を浮かべる。

「経産省の意向を取締役会、特に名取副社長にお伝え頂きたい」

江口の目が、「以上だ」と告げていた。

弓波は席を立った。

退出の挨拶《あいさつ》もそこそこに部屋を出る。

頭の中で、江口の顔面に拳《こぶし》を叩《たた》き込む瞬間を想像する。

経産省を出た弓波は、霞《かすみ》ケ関《せき》の駅に向かって歩く。

黒鞄《かばん》を持った官僚らしき連中とすれ違う。背格好も身なりも弓波と似ているが、選民としての彼らの社会的地位には抗しがたい。

それが群れの掟《おきて》だ。

ただ……。

弓波は「なぜ、俺なんだ」と歩道の縁石を蹴《け》り上げた。

「急に出かけることになったから、あとは頼む」と面倒な専務説明を投げてくるA。役員説明に「一緒に来い」とつき添わせて、上からの鋭い質問には「弓波から説明させます」と前触れもなく振ってくるB。他人事みたいに呑気な役員連中は山ほどいるのに、いつも矢面に立たされるのは弓波だった。

五月の青空が頭上に広がっている。

初夏は、誕生、成長、躍動を感じさせる華やかな季節だ。

ところが、弓波の周りではすべてが澱《よど》んでいる。

隙《すき》あれば足元をすくってやろうという連中ばかり。頼りないと思われようが、なにを考えているかわからないと揶揄《やゆ》されようが、弓波が用心深くなるのは当たり前だ。

午後二時
JTP　12階　管理本部　秘書室

「弓波室長。お願いします」

入社三年目の部下が血相を変えて飛んできた。

十分前、弓波は再生可能エネルギー業連合会の事務総長から電話で、「社長が失踪したとはどういうことだ」とクレームを入れられた。五分前、総会当日までの田中の業務代行を調整し終えた。そして、休むまもなく総会の手順書に目を通していた。三十分でよいから本来の仕事に集中させてくれ、と思うのは贅沢《ぜいたく》なのか。

若い部下の息が荒い。

「どうした」

「名取副社長が……」

「副社長がどうした？」

「SNSや経済誌からの批判に、名取副社長が『週刊東京』へ対抗措置を取るとおっしゃっています」

「対抗措置？」

「全国紙に反論広告を出すと」

だからといって弓波になにをしろと言うのだ。

「なんとか穏便に収めて頂けませんか」

部下は今にも泣き出しそうだった。

弓波は頬《ほお》に呆れの空気を溜めた。

『週刊東京』のネタに反応して、今朝から複数のファンドがSNSやネットブログでJTPの経営陣を厳しく非難していた。

「取締役会が機能していない」「社長の椅子を争っている暇があったら、業績に目を向けるべきだ」という比較的穏やかなものから、「取締役会を全員入れ替えるべきだ」「総会で経営陣の責任を厳しく追及し、我々が推す人物を社長に据える」という過激なものまで様々だ。

さらに、明日発売の経済誌にもJTPの批判記事が載るらしい。

弓波は部下と役員会議室に向かった。

ツッパリの喧嘩《けんか》の仲裁じゃあるまいし。

開け放たれた扉の向こうから、コンサルの危機管理担当者の声が抜けてくる。弓波は部屋に入った。

三人の視線が弓波を向く。弓波は軽く会釈で応《こた》えた。

コンサルが名取に対して仕切り直す。

「反論するなど逆効果です」

「君は、相手に媚《こ》びへつらうことしか知らんのか」

「作り話も活字になれば人々は鵜《う》呑《の》みにします。だから、今さら反論広告を出したところで、誰も読みません」

「なぜ」

「自分に関係がないなら、なにが正しいかなど考えないのです」

「人はそこまで愚かなのか」

「覗《のぞ》き見と茶飲み話は人々の好物です。スマホの文化がそれを助長している」

「資本金1000億円の一部上場企業が、作り話に足元をすくわれるんだぞ」

「100％作り話ではないのでは？」

コンサルの危機管理担当者が広報課長に矛先を向ける。

「広報さんは、このままでよろしいのですか」

「名取副社長のご指示ですから」

「私がお聞きしたいのは、広報としての考えです」

「名取副社長のご指示を実行するのが我々の務めです」

「広報さんの考えや主義主張はないのですか」

「どういう意味ですか」

広報課長が怪訝《けげん》そうな表情を浮かべる。

広報は社外への窓口だ。外への発信を仕切り、責任を持つ部門だ。しかし、ＪＴＰの広報は物事の良し悪し、ハレーションの大きさなどに配慮することなく、ただトップから言われるままに右から左へ動く組織らしい。

弓波の横で、若い部下が生唾《なまつば》を飲み込んだ。

口をへの字に結んだコンサルの危機管理担当者が、天井を見上げる。

室内の空気が凍りついたまま動かない。

わかってるな、余計なことに首を突っ込むなよ、と頭の中で誰かが囁《ささや》いた。

「よろしいですか、名取副社長」

一言だけと決めて、弓波は前に出た。

全員の視線が弓波に集まる。

「反論広告は、東亜出版社への宣戦布告です。ＪＴＰ対東亜出版社の戦争はマスコミにとって最高のネタになるでしょう。彼らは我々を煽って劇場型のニュースに仕立て上げようとする」

「だから？」

「ある事、ない事、おもしろおかしく書かれて世間が注目するほど、総会で我々を攻めるネタをファンドに与えることになります」

「まるですべてを知っているかのようだな」

「ならば、ご自身でご判断ください」

弓波の突き放しに、背もたれに寄りかかった名取が腕を組む。

名取の良識を待つしかない。

名取の指示で、ＪＴＰを取り巻く状況が炎上しようと弓波の責任ではない。名取が新社長に選任されれば、総会では彼が議長を務める。弓波の想像する事態となれば、炎上するのは名取だ。弓波はそれを壇の袖《そで》で見ているだけでよい。

「だから言ったろう」と呟《つぶや》きながら。

とはいえ、舌の根も乾かないうちに指示を取り下げることは、己の非を認めることになる。名取は自身のプライドと、七月三日に訪れるかもしれない厄介事を天秤《てんびん》にかけているのだ。

二年前に似ている。

弓波が名取とぶつかった、あのとき。

株主総会で議決権行使書の『集計外し』を指示した名取に、弓波は違法行為だと訴えた。

「会社法の遵守と経営の安定、今はどちらを選ぶべきか考えたことはあるか」

「比較の対象にはなりません」

「国民が法を遵守する以上に、社員は上司の指示に従え」

「違法行為を強要されるのですか」

「総会で、すべての提案議案が承認されるという結果を重要視しているだけだ」

「承服できません」

「弁護士の視点で見れば君は正しい。経営者の視点で見れば君は間違っている。正論だけで経営ができるなら、取締役全員を弁護士にすればよい」

「会社法でなくとも、我が社には我が社が決めたコーポレートガバナンス・コードがあります」

「私への不服従を、法への忠実という倫理観で説明するな」

「なぜそんな話になるのですか」

「私は無駄な時間は使いたくない。君が知るべきは、君の代わりはいくらでもいることだ。我が社での君の将来を選びたまえ」

そんな苦い記憶を、弓波は思い出していた。

あのとき、弓波の抵抗に、固い意志と天まで届きそうなプライドに溢《あふ》れていた名取は、決して引かなかった。

ただ、今は違う。

経営となんの関係もない愚かなやり取り。この場で名取が問われているのは、マスコミへの怒りという感情を制御できるかどうかだ。

経営者の能力の問題ではなく、人としての器の問題だ。

やがて、名取が腕をほどいた。

「わかった。弓波の判断に任せよう」

弓波の横で、若い部下が安堵《あんど》の息を吐き出した。

同時刻
JTP　14階　ファイナンシャル本部　不動産課

フリーアドレスの机と椅子が並ぶオフィスでは、社員が忙しそうに行き交い、窓側のミーティングエリアではいくつも会議が行われている。

不動産課長の三上の電話が鳴った。

「三上です」

(山本です。今、よろしいですか)

相手は風力発電事業開発部の山本課長代理だ。

(名取副社長は片山常務のB社への融資判断について、善管注意義務違反の責任を問うつもりです)

「融資はもともとリスクのある行為です。名取副社長がクレームをつけても、取締役の稟《りん》議《ぎ》を通っているのだから経営判断原則が適用されて、片山常務一人の責任を問うことなどできない」

（経営破綻《はたん》の恐れが出てきたB社へ、審査担当者の反対を押し切って融資に踏み切ったことは、少なくとも忠実義務の違反が問えると考えています）

B社への融資は、珍しく片山が自分で判断した案件だ。だから、名取が目をつけたのか。

「……わかりました。こちらでも調べてみます」と三上は電話を切った。

常務への善管注意義務違反の疑い。副社長も取締役のくせによく言うものだ。

ただ、三上にとって今の電話には、情報の内容とは別の意味がある。名取に近い山本が情報をよこした事実だ。

山本が穴の底まで落ちた。

三上の指示どおり、横田たちは名取のネタを持っていそうな社員に次々と声をかけていた。もう止まらない。「協力しないなら、それなりの人事をされるぞ」と脅し、「先のことをよく考えろ。悪いようにはしない」と耳元で甘い言葉を囁く。

当然、断る連中もいる。片山に従いたくない者、派閥に興味などない者、社員も様々だ。しかし、中には横田の誘いに応じる社員がいるのも事実だ。理由は、名取への不満と恨みだ。恩賞、昇進、降格、左遷。そのたびに人心は揺れ、納得できない仕打ちは心に刻み込まれる。

三上と横田たちは、結果として社内の分断を生んでいた。知ったことではない。

派閥の理論からして、三上は結果を出さねばならない立場なのだ。朝、出社してから退社するまでのあいだに、余計な事で時間を割かれる。夜、やり切れない思いを抱えながらベッドに入る。迷いが生まれないと言えば嘘になる。怒鳴られても、罵《ののし》られても三上はずっと片山に仕えてきた。なぜなら、経理でくすぶっていた三上を拾ってくれたのも、今の役職を与えてくれたのも片山だから。上昇志向が強く、昇進のためには腹心でさえ利用するのが片山だ。決して尊敬の対象にはならない彼に、それでもついて行くことを決めたのは三上自身だ。それなりの地位は手に入れた。その代わりいつのまにか、「一から十まで片山に逆らえない使いっ走り」と小馬鹿にされる身になった。

「仕方がない」「これしかない」と自分を言い含めるうちに、善悪の感覚が麻痺《まひ》した。それは下僕の証《あかし》だった。

午後三時三十分

JTP　12階　管理本部　秘書室

弓波の席へ、再び改革派の社員が訪れた。

経理部の大賀次長、経営企画室長、そして、エンジニアリング部のプロジェクト室長の三人だ。

弓波はあからさまに迷惑そうな顔で出迎えた。

場所は、前回と同じ会議室。

「弓波さん。もうおわかりですよね」

いきなり、大賀が切り出した。

「なにがですか」

「うちの社は笑い者になってしまいます」

「落ち着いてください」

「社内の人心もバラバラ。敵対する派閥へのチクリとリークが横行している」

大賀の指摘は嘘ではない。ここ数日、社内ネットのコンプラ告発ポストに、気に入らない上司をチクる投稿が増えていた。

「片山常務は三上さんたちを使ってコソコソ動いている」

経営企画室長が続く。

不動産課の連中の噂《うわさ》は弓波の耳にも届いていた。

弓波は食堂で会った三上を思い出していた。部下たちがどうであれ、三上は悪意ある人間には見えなかった。しかし、三上たちの動きを知る社員たちが、秘密警察を見るかのごとく怯《おび》え、その内面には三上たちへの反感と恐怖が渦巻いていることは想像に難くない。

弓波の経験からすれば、三上たちは摑《つか》んだロープを登り切るしかない。登るのを止《や》めた瞬間、皆に引きずり下ろされて袋叩きにあうだろう。

「あんな腰巾着《こしぎんちゃく》を野放しにしておくのですか」

大賀が気色ばむ。

「一社員の動きにまで対処する暇はありません。所詮は個人の理性と常識の問題です」

「では、話を変えます。弓波さんは、富田関西支店長は社長にふさわしくないとお考えですか」

「言ったでしょ。社長を決めるのは取締役会だ」

「それが機能していないからです」

「なぜ機能していないとわかるのです。取締役会のメンバーは名取副社長と片山常務だけじゃない」

「他のメンバーがまっとうな判断をするとは思えません」

「経営にかかわったことがないあなたたちが、どれだけ取締役会のことを知っているのですか。富田支店長が社長にふさわしいというなら業績、能力について説得力のある説明をしてください。人柄が良いとか、自分たちが気に入っているというだけなら、名取副社長や片山常務を推す連中と同じじゃないですか」

「しかし」

「私は忙しい。帰ってください」

星の数ほどある面倒で頭が一杯なのに、余計な話を持ってくるな。

あれこれ名取に呼ばれ、そのせいで周りから白い目で見られ、さらに桑代のせいで総会対応に巻き込まれた。まるで、咬《か》ませ犬だ。

弓波は本気で苛《いら》ついていた。

午後五時
JTP　14階　ファイナンシャル本部　本部長室

弓波は、14階のWゾーンにある片山常務のファイナンシャル本部長室に呼ばれた。

なんの用か知らないが、片山と相性が良くない弓波にとって、14階はエレベーターを降りたくないフロアだった。

不愛想な会釈で迎える秘書の横を抜ける。

ノックして本部長室の扉を開けた。

「座れ」

木目の内装で統一された部屋。弓波を出迎えた片山が、樫《かし》の木で造られた重厚なデスクを挟んだ本革製のソファを指さした。

「失礼します」

片山の目が弓波の動きを追っている。

「お前、若い連中とつるんで俺を追い落とそうとしているらしいな」

弓波は背筋に冷や汗が流れるのを感じた。

大賀たちの動きが、すでに片山の耳に入っている。

「追い落とし？　おっしゃっている意味がわかりません」

ＪＴＰの取締役は、弓波にとっては単なる『災い』だ。

「富田は社長の後釜《あとがま》を狙《ねら》っているのか」

「富田？　関西支店長のですか」

蛇を思わせる片山の視線が弓波を舐《な》める。

「とぼけるな。全部耳に入っているんだぞ。まったく、夜もおちおち寝ていられん」

「社内で誰がなにを考え、どう動いているかなど私は知りません」

「一部の連中が、富田を担いで田中社長の後任に推そうとしている。その企《たくら》みにお前も加わっているんだろ」

「誰がそんなことを言っているのですか。はっきりさせたいので、ここへ呼んでください」

弓波もムキになる。

幾度か瞬《まばた》きを繰り返しながら、片山が短い首を巡らした。

この野郎。そう思った。片山がどれだけ挑発しようと、罵ろうと、もはや弓波の方から口を開く気はない。

弓波も色々学んできた。面倒な上司との賢明な喧嘩の仕方は沈黙だ。

やがて。

「もういい。下がれ」

片山の愛想尽かしに、弓波はさっさと席を立った。

一秒でもこの部屋にいたくない。

「このままでは済まさんぞ」

部屋から出ようとする弓波に、片山の脅しが飛んできた。

これが一部上場企業の常務取締役なのだ。

名取と片山は会社を割ろうとしているのか。

秘書室長という立場、総会へのかかわり。会社の屋台骨がフラついているせいで、次第に社内抗争に巻き込まれていく自分がいる。

午後八時
東京都　千代田区　飯田橋四丁目

飯田橋四丁目の道沿にある『Ｄｅｂｂｙ』。

木目の内装、照明を落とした室内で、弓波は磨き上げられたチーク材のカウンターを挟んで、マスターと向かい合っていた。

ビル・エヴァンスの『ポートレイト・イン・ジャズ』をバックに、今日も弓波の愚痴から始まった。

いつものように、マスターは黙って聞いてくれる。

弓波がスコッチを喉《のど》に流し込む。

「名取副社長も片山常務も経営者のくせに、あの程度の了見しか持っていないなんて」

「アナリストや投資家が、業績に口を出す時代になったからです」

「でも、彼らは経営には責任を持たない」

「しかし、間接的には役員、特に取締役の人事には干渉できる」

「後出しジャンケンの批判で」

「ファンド、アナリスト、金融関連の連中が会社やその取締役を値踏みする時代になってしまった。一部上場企業であろうと、彼らに逆らえる経営者はいません」

「欧米の経営者は開き直って、在任中にもらえるだけの報酬を懐に入れて、株主から首だと言われれば、さっさと次の職場を探す」

「弓波さん。日本の経営者はそこまで厚顔ではありません」

「日本人の特性ですか」

「万国共通なのは、短期の数値目標を設定されると、経営者はそれを達成するために躍起になるから、中長期の視点など持てないし視野も狭くなることです」

「その結果、部下は上司の成果主義に縛られ、振り回される」

「答えがすぐに出てしまいますから」

「取締役たちも大変だと」

「弓波さんの話からすると、名取副社長は単細胞ではなさそうだ」

「というと」

「副社長は成果主義によって右往左往するサラリーマンの習性を熟知していて、意識的に部下を追い込むことで、自分に忠実な下部《しもべ》に仕立て上げているのではありませんか」

「まじで、やってられない」

弓波は深いため息をついた。

「弓波さんは、もう辞めたいと思っているのですか」

絶対に心を折るな、という田中の言葉を思い出す。

柿の種を一粒、口に放《ほう》り込んだ。

「せっかく戻ってこられたのに」

「こんなことなら九州にいればよかった」

「弓波さんの歳《とし》で単身赴任は、けっこうこたえたでしょうに」

「体の疲れより、心の疲れの方が何倍もこたえます」

「なんで俺一人がって？」

「ええ」

「苦労しているのは、本当にあなた一人ですか」

「どういう意味ですか」

「社外からのプレッシャー、経営者たちの手練手管、それに巻き込まれる社員たち。社内が大変なら、他にも同じ目に遭っている人がいるのでは」

「知ったこっちゃない」

ここでしか言えない強がりを酔気に混ぜて吐き出す。

「彼らが、助けてくれと駆け込んできたら」

一瞬、大賀たちの顔が頭に浮かんだ。

「そんな連中もいます。自分たちと一緒に立ってくれと」

「どう答えたのです」

「好きにしろ。ただ私に頼むなと」

「好きにしろ、とは彼らの願いに一理あると」

「ええ。でも私には関係ないし、連中は私を利用したいだけかもしれない」

なるほど、とマスターが小首を傾《かし》げる。

「たまには、社を思う後輩のために一肌脱ぐという志も悪くないのでは」

「正直、私にメリットはない」

「おや。さっきまで社長の椅子を狙う取締役に憤慨していた弓波さんにしては日和見《ひよりみ》な台詞《せりふ》ですな」

苦笑いを浮かべた弓波はグラスを口に運ぶ。

「結局は損得勘定でしょう」

「なにをもって損得を判断するのですか。地位、報酬、それとも人望？」

「サラリーマンなら昇進でしょう。戦国時代の武将と同じですよ」

「それが弓波さんの求めているもの？」

「かつてはね」

「今は違う」

「とっくに私のツキは地に堕《お》ちたから」

「ツキはリンゴではない」

「若いときならそう思うかもしれないけど」

「年齢は関係ない」

「じゃあ、なんですか」

「困難に臨むなら、心を満杯にしておかねばなりません。気力と意地、そして絶対にくじけない根気でね」

「九州にいるあいだに使い果たしました」

「そうですか？　そんなふうには見えないけど」

　マスターが父親のごとく笑った。

千葉県　船橋市　本中山三丁目

西船橋の駅から、帰宅する人々に混じってＪＲの線路沿いに西へ歩く。マンションや店《てん》舗《ぽ》、どこにでもある雑多で見慣れた街を抜ける。

弓波は自宅の扉を開けた。

「お帰りなさい」

理恵子が奥のリビングから顔を出した。いつもの屈託のない笑顔がこちらを向いている。

理恵子とは前の会社で知り合った。30歳になったばかりの頃《ころ》だった。取引先の事務担だった彼女は、評判の美人だった。奥手の弓波には縁のない相手と割り切っていたけれど、彼女の笑顔を見るたびにドキッとしたのを覚えている。

ある日、その取引先に注文ミスで迷惑をかけた部下を連れて、弓波は謝罪に出向いた。部下を後ろに控えさせたまま、相手の部長の叱責《しっせき》を一身に受け、弓波はひたすら謝罪した。言い訳だけはしないと心に決めていた。「おっしゃるとおりです」「申し訳ございません」と頭を下げ続ける弓波に根負けしたのか、「もういい」と部長が矛を収めてくれた。周囲の視線を感じながら、弓波の後ろで泣きそうになっていた部下を連れて取引先を出ようとしたとき、心配そうな理恵子と目があったのを覚えている。

それから数日経ったある日。

帰宅途中の電車の中で、突然「弓波さん」と声をかけられた。

見ると理恵子だった。

まさか同じ通勤経路だったとは。胸の鼓動が倍速になった。

「ご苦労様です」とバツの悪い表情を浮かべた弓波に、「このあいだは大変でしたね」と理恵子が声をかけてくれた。

「いえ、こちらのミスですから」

「一緒にいらした部下の方は、弓波さんに感謝してるでしょうね」

「はっ？」

「あんなに部下を庇《かば》って自分が矢面に立つ人、初めて見ました」

理恵子が、微笑《ほほえ》んでくれた。えくぼが可愛《かわい》かった。

めまいがしたのを覚えている。

「それじゃあ、失礼します」と赤坂見附《あかさかみつけ》で電車を降りようとした理恵子を、「あの」と呼び止めた。「もし……。もし、よろしかったらお茶でも」と自分でも信じられない大胆な言葉をかけた。

顔が赤くなったのを覚えている。

ところが、一生に一度しかない奇跡が起きた。

「本当に？　喜んで」

理恵子が、とびっきりの笑顔を見せてくれた。

たまたま入った見附のカフェで、なにを話したかなんて覚えていない。でも、その日から二人のつき合いが始まった。弓波が選んだデートの場所など、理恵子にとってはさぞ退屈だっただろう。そんな気の利かない弓波に、彼女はいつも笑いかけてくれた。

その一年後、弓波は理恵子にプロポーズした。

「一つだけ約束してくれる」

見つめる理恵子の目が澄んでいた。

「嘘だけはつかないで」

弓波は心に誓った。

弓波は不器用だし、夫婦の記念日もすぐに忘れる。なにより二人は子宝には恵まれなかった。それでも、理恵子から愚痴を聞いたことはない。弓波も彼女を裏切ったことはないし、理恵子と添い遂げることになんの迷いもなかった。

「ただいま」

疲れた声を出してしまった。

弓波と理恵子は、性格も考え方も好対照な夫婦だ。だからうまくいってるのかもしれないが、とにかく理恵子は社交的だった。彼女は仲の良い友達と自分の世界を持っていて、時々、料理教室や旅行に出かけて人生を楽しんでいた。

そうかと思えば理恵子は読書家でもある。リビングには、彼女が読み終えた本で埋まったブックシェルフが2つも置かれている。

かたや弓波は仕事一徹で、友人も多い方ではないし、ゴルフや釣りなどの趣味もない。

気になるのは故郷の年老いた両親のことだけだ。そんな弓波は、一度凹《へこ》むと立ち直るまでに時間がかかる。面倒くさいオヤジだと自分でも思う。

クローゼットで、スーツの埃《ほこり》を丁寧に落としてからハンガーにかける。そのままシャワーを浴びて、パジャマに着替えると夕食をとるためにダイニングテーブルに座る。

料理をテーブルに並べてくれた理恵子が正面に腰かけた。

「今日は、武藤《むとう》さんたちと料理教室に行ってきたの。そのロールキャベツは新作よ。食べてみて」

理恵子がメインディッシュを自慢げに指さす。

「うまそうだな」

弓波が食いついたと思ったらしく、理恵子のおしゃべりが始まった。いつもの自分報告だ。昨日はこうだった、今日はこうだった、あれが大変だった、などなど。

うんうん、と気のない相槌《あいづち》を打っているうちに、妻の話が耳を素通りしていく。どうしても会社のことを考えてしまう。そして自分の境遇。

名取、片山。弓波の周りには面倒な人間が多すぎる。

「お父さんとお母さんにいい施設が船橋にあるわよ。武藤さんが教えてくれたの」

突然、理恵子が思いもしない話を切り出した。いや、突然ではない。弓波がそこに至るまでの話を聞いていなかっただけだ。

「施設も綺麗《きれい》で、二十四時間看護師さんが常駐して、食事もおいしいそうよ」

弓波は顔を上げた。

箸《はし》が止まる。

さぞ、間抜けな顔をしているだろう。

「俺は親を千葉の施設に入れる気はない」

「そう言うと思った」

「じゃあ、聞くな」

「私たちも老いていくのよ」

理恵子が真顔を向ける。

「そんなことわかってるよ」

「じゃあ、もうちょっと真剣に考えてよ」

「なにを」

「仕事しながら、どこまでできるか」

理恵子の方が筋は通っている。

かといって、この件については素直になれない。

「今はそれどころじゃない」

「あなたのここ数日の様子を見ていると、そんなことはわかってる。でも、急がないとお父さんとお母さんの時間も経っていくわよ」

「だから悩んでるんだ」

「まるで一人で抱えてるみたいね」

「そうじゃないか」

「私だって」

「口ごたえするな！」

弓波は自分の怒声に、はっとした。

今まで理恵子を怒鳴りつけたことなど一度もなかったのに。

見ると、理恵子が涙ぐんでいる。

「……すまなかった」

弓波はそっと箸をおろした。

（3）

五月二十九日　木曜日　午前十時
東京都　千代田区　大手町一丁目　京浜銀行本店

25階の豪華な頭取専用応接室で、名取は中曽根を待っていた。

ソファに腰かけた名取は、膝《ひざ》の上で指を組んでいた。

中曽根が自分を呼び出した理由を考えながら。

「お待たせしました」と頭取室に続く扉が開いて中曽根が現れた。

今日も中曽根はイタリア製の高級スーツを纏っていた。

立ち上がって出迎える名取にソファを勧めながら、中曽根が正面に腰かける。

「すみません。突然、お呼び立てして。お忙しいとは思いますが、早い方がよいと思いまして」

「ご用件は」

名取は背もたれに寄りかかった。

「実は、先日のご依頼を考え直させて頂きたい」

いきなりパンチが飛んできた。

「私を社長に推せないと」

「はい」

中曽根は眉《まゆ》一つ動かさない。

「理由は」

「二週続けての週刊誌報道によるゴタゴタに巻き込まれたくありません」

「ゴタゴタ？」

「田中社長の失踪、次期社長の椅子をめぐる社内抗争、そして、中国系ファンドとの関係。お分かりですよね」

「すべて噂話です」

「今、あなたが私の前に腰かけている理由は、社長の椅子を狙っているからでしょ。記事のとおりじゃないですか」

中曽根が身を乗り出した。

「名取副社長。取締役会の役割で、内部統制システムが重視されているのはご存じですよね。裏を返せば、監督機能を十分発揮できず、違法な業務執行を見逃した取締役は責任を追及されます」

「我が社の取締役は全員、自社のコーポレートガバナンス・コードに則《のっと》って行動している」

「当たり前でしょ。では、御社の取締役会はその運用を適正に行っていますか。それだけじゃない。重大なコンプラ違反があれば、監視義務違反を理由に、あなた方はその責任を追及される」

「裁判になるとでも」

「どこかのたちの悪い株主、たとえば週刊誌に出ていた連中ならやりかねない。そうなれば今の時代、内部統制システムが機能していたかどうかは、裁判でも着目されます」

「大げさな」

「では、取締役の善管注意義務はどうですか。これに違反しても責任が問われる。取締役は、他の取締役による違法・不適切な業務執行に対して監視を行わねばならない」

「片山のことですか」

　中曽根の眉がわずかにつり上がった。

「業務だけではない。週刊誌に書かれた以上、外部はあなたと片山常務の忠実義務違反に目を向けている。会社の存続や長期的な利益を図るために、取締役は直接的な株主利益にとどまらず、数々のステークホルダーの利益に配慮することが求められるのに、お二人はどうでしょうかね」

「なぜ私が忠実義務違反をしていると」

「仮に『週刊東京』が間違っていたとしても、世間が記事の内容は正しいと信じる状況を御社の取締役会は許してしまった。なのに、有効な手を打つことなく、私に後継指名のお願いに来られている。あなたは代表取締役副社長ですよ」

「それが問題ですか」

「あなたのせいで自分の利益が守られていないと判断した株主は、取締役への選任権、解任権を行使するかもしれない。それだけでスキャンダルになる。総会が終わればマスコミが一斉に囃《はや》し立てるでしょう。先ほど申したように、我々は巻き込まれたくない」

「会社法では、個人的な利益を追求する目的で株主が経営に口を出せる制度など認めていない」

「でも、株主の意向で取締役を選任できる。来月の総会でね」

「ですから、御行の力を得て」

副社長、と中曽根が名取を遮った。

「正直に申し上げる。飛んで来る火の粉は払わねばなりません。あなたに協力はできません」

午後一時三十分

東京都 千代田区 富士見一丁目 株式会社ジャパンテックパワー

弓波は書類を持って15階の廊下を歩いていた。

今日も昼食は抜きだった。理由は、電話などに煩わされることなく秘書室の打ち合わせに時間が取れるのは、昼休みだけだからだ。

社内外に嵐《あらし》が吹き荒れていても廊下は静かだった。

(どうです。名取副社長が、なにか問題やトラブルを抱えていたら教えてもらえませんか)

(問題、トラブル?)

(噂でも結構です)

(三上さん。どういうおつもりですか)

トイレの手洗い場から聞こえてくる話し声に、弓波は足を止めた。

耳を澄ませる。

（名取副社長に問題があるなら正さねばならない。あなたも週刊誌を読んだはず）

（『週刊東京』の記事を鵜呑みにして名取副社長を売れと）

（売れとは言っていません。正すべきことがあるなら教えて欲しいだけです）

（私は名取副社長直属の事業統括本部の人間ですよ）

（あなたは、昨年末の進路希望調査で異動願いを出していますよね。今の部署にご不満を
お持ちのようだ。もしそうなら願いを叶《かな》えますよ）

（なぜ不動産課長のあなたが。人事権などないのに）

（人事と話をつけられます）

しばらく沈黙が続いた。

弓波は周囲の様子を窺《うかが》う。

廊下には誰もいない。

（三上さん。言動を疑われるようなことはおやめなさい）

（それでよいのですか。後悔しますよ）

（私を脅すつもりですか）

（私は会社を思ってのことです）

（よく言いますよ。片山常務の指示なんでしょ）

（なんだって）
（どいてください。私は仕事中です）
（待てよ！）
その声からして、どうやら気色ばんだのは三上らしい。
（放してください）
（どうなっても知らんぞ）
脅しの言葉が抜けて来た。
突然、手洗い場から見知らぬ社員が姿を現した。
眉間《みけん》に皺《しわ》を寄せている。
弓波に気づいた社員が、しまったという表情をみせる。
素知らぬふりで弓波はすれ違う。
心中、穏やかではない。
これが我が社の実情なのか。
ここまで堕ちたのか。

東京都　港区　赤坂九丁目　東京ミッドタウン
同時刻

大規模な複合都市でオフィスやホテル、さまざまなショップ、レストラン、美術館、レジデンスを併設し、公園・緑地なども整備されているミッドタウンの周辺は相変わらず賑《にぎ》わっていた。

片山常務は、キャピタルゲインマネジメントの社長応接室で崔社長と向かい合った。布張りのソファで、崔が片山の正面に腰かけた。

「片山常務。大丈夫ですか」

「なにがでしょうか」

「週刊誌の記事です。我々のことが抜かれている。70円の配当、当社による第三者割当増資の引き受け。心配ですな」

「所詮はゴシップにすぎない」

「御社の内部の話ですよ。配当についても、新株の引受についても取締役会の承認が必要なはず。その説明の場で、あなたと当社の関係を疑われれば、インサイダー取引と同じく、取締役会はあなたの善管注意義務違反を問うから、承認どころではなくなる」

「私が社長に選任されれば、取締役会をまとめることなど簡単です」

「社外はどうです。たとえば他の主要株主。京浜銀行や東郷氏」

「彼らがなにをすると」

「あなたの忠実義務違反を問うでしょう。一人の取締役と会社のあいだで利益衝突が生じたり、取締役が会社に損をさせても、自身や第三者の利益を図ったりする場合はね」

「会社法では、忠実義務違反にあたる行為の中でも、利益相反取引と競業取引については、取締役会を通すことになっている。逆に言えば、取締役で承認されていれば問題ない」

「別の株主から株主代表訴訟を起こされるかもしれない」

「馬鹿な」

「なぜ。たとえば、取締役から安く募集株式を引き受けた者が、公正な価格との差額を会社に支払え、と他の株主から訴えられることはある」

「崔社長は、経営判断原則が適用された判例をご存じないらしい。取締役の経営判断には広い裁量権を認めて、たとえ会社に損害をもたらす結果になっても、決断時の事実認識に誤りがなければ、取締役は善管注意義務違反や忠実義務違反を問われない」

「フェイントで訴訟を起こすことだってある。この時期に、敵対的企業買収を狙う者が現れれば、TOBが仕かけられたり、株や議決権の奪い合いになったりするでしょ。そうなれば会社の内紛がらみで、買収者が現経営陣を攻撃するために株主代表訴訟を起こすこともありえますよ」

「そんな事態になっても、裁判で不利な状況にならないよう、私の経営判断が合理的で合法的である証拠や、社内ルールに則っていると法務部にチェックさせた文章、なにより最終決裁者は田中社長だった記録を残してある。場合によっては、私の判断が妥当だった証拠を、息のかかった業界紙に書かせることもできるし、会社にもたらすメリット、デメリットについて定量的にも具体的にも分析した資料だって準備できる」

崔が思案する。

片山には確信がある。目の前に大きなニンジンをぶら下げられた崔が降りるわけがない。

「片山常務。主要株主の中で代表訴訟を起こすなら？」

「東郷でしょうね」

「手を打てますか」

「当然」

子供をあやすように、片山は笑顔を浮かべてやった。

片山には予感と自信がある。「これはいける」と。

片山は風を感じていた。

午後四時
東京都　千代田区　丸の内三丁目　スターバックス新東京ビル店

待ち合わせのスターバックスに来るまでの途中、弓波は憂鬱《ゆううつ》だった。なに一つ、問題が解決しないからだ。ファンドの動きも摑めない。田中の行方も知れないままだった。名取と片山に翻弄《ほんろう》されながら、ただ時間だけが過ぎていた。

「相変わらず浮かない顔だな」

突然、電話をかけてきた大竹が、いつもの一番奥の席で待っていた。

カップを片手に、弓波は親友の前に腰かけた。

「名取副社長と片山常務の鍔迫《つばぜ》り合《あ》いには辟易《へきえき》する」

「互いに引かないのか」

「ガキだよ、ガキ」

「愚痴ならいくらでも聞いてやるよ」

弓波は、コーヒーを一口喉に流し込む。

「用件を言え」

「今回の記事について話が聞けた。ネタが豊富にあって商売になるぞ、と佐藤編集長に何者かが持ちかけたらしい。パパラッチが、入手したネタを売りにくるボトムアップパターンではなく、佐藤が、このネタなら買う、というトップダウンのパターンだ」

「その何者かとはうちの社員か」

「そこまではわからん」

弓波はカップをテーブルに戻す。

「それからもう一つ」と大竹が鞄から一枚の写真を取り出した。

神経質そうな、痩《や》せて長身の男。エラが張った顔の真ん中にキツネ目。黒のジャケットとパンツは、まるで今時のクリエーターを思わせる。

「誰だ」

「お前が探しているパパラッチだよ。名前は寺岡賢司《てらおかけんじ》。職業はフリーのカメラマンだが、それだけじゃ食えないみたいだな」

「なぜわかった」

「蛇の道は蛇だよ。その筋では、それなりに名の通ったカメラマンとはいえ、このところ仕事もないのに、闇《やみ》カジノにはまって相当の借金を抱えているらしい。住所は戸越銀座《とごしぎんざ》だ。会ってみるか？」

「会えるのか」

「言ったろう。こいつは金に困っている。お前がいくら出せるかだな」

弓波はしばらく考え込んだ。

「ちょっと、時間をくれ。……ところで、大竹」

「なんだ」

「お前の望みはなんだ」

しばらく弓波を見つめていた大竹がふっと視線を外した。

「大竹。善意で、このネタをくれるわけじゃあるまい」

弓波は大竹を促す。彼には彼の事情があるはず。

珍しく大竹が真面目《まじめ》な顔を作った。

「お前の所のゴタゴタが収まったら、その過程でなにがあったのか、ファンドのネタが欲しい」

「なぜ」

「うちは今、外資系ファンドの実態を追いかけている。もちろんもらったネタにかんしては匿名情報として扱う」

「それでは、『週刊東京』の記事と、たいして変わらないじゃないか」

「馬鹿を言うな。うちはきちんとした記事を書くぞ。タイトルはそう、日本企業を食い物にする買収ファンド。どうだ」

午後十時三十分
千葉県　船橋市　本中山三丁目

今日も長い一日だった。

西船橋の駅で東西線を降りた弓波は、人影が途絶えた線路沿いの夜道を歩く。

明日からは総会の準備が本格的に始まる。

さらに、忙しい毎日になる。

こうやって一日が過ぎ、確実に歳をとっていく。定年を迎え、すべてのストレスから解放される日を待ち望む自分と、このままでは終われないと葛藤《かっとう》する自分がいる。

ふざけるな、とちゃぶ台返しができれば、どれだけ気持ちがすっとするだろうか。しかし、そのあとには現実が待っているだけだ。

家に着いた。

玄関の扉を開ける。
どうやら理恵子は先に寝たようだ。
着替えも面倒臭いから、鞄を持ったままダイニングの灯《あか》りをつけた。
テーブルにきちんと夕食の準備がしてある。
昨日の喧嘩を思い出した。
お茶碗《ちゃわん》の横に手書きのメモが置いてある。

『お疲れ様。今日は先に休みます』

メモの上には、文鎮代わりに理恵子のキーホルダーが置かれている。
見ると達磨《だるま》のアクセサリーが、悲しそうにこちらを向いていた。
理恵子がずっと使っているアクセサリー。
なぜ達磨なのか。
思えば、その理由を聞いたことはなかった。

3章

(1)

五月三十日　金曜日　午前九時

東京都　千代田区　富士見一丁目　株式会社ジャパンテックパワー

『週刊東京』の記事に反応して、経済誌がＪＴＰのスキャンダルを取り上げ始めた。名取と片山の社長指名争いを、関係者からの情報という形で伝え、田中社長失踪《しっそう》の理由を面白おかしく書きたてる。どれも推察にすぎない。

さらに、この記事がＪＴＰの株価や今後の経営状態へ与える影響について、アナリストがＳＮＳで投資家の不安を煽《あお》る。

いつのまにか、六月の株主総会に世間の注目が集まる条件が整った。ようやく社長不在を前提としたスケジュールと、社内業務の調整が山を越えたと思ったら弓波にまで、取引先から「御社は大丈夫なのか」という問い合わせの電話がかかってくる。

すべては『週刊東京』のせいだ。

昨日、あまりの煩わしさに弓波は広報へ連絡した。


「マスコミ報道にかかわる件は広報で対応してくれ」

相手は広報課長だ。

（社員それぞれの顧客への対応は、個別にお願いします）

まるで他人事《ひとごと》として捉《とら》えている受け答えだった。

「別に顧客ではない。単なる知り合いだ」

（広報が対応しても、かえって弓波さんにご迷惑をおかけすることになりますので）

よく言うよ。『迷惑をかけることになるから』とは、自身の手柄にならない頼まれごとを断るときの常套句《じょうとうく》だ。

担当外の業務には及び腰の弓波でさえ呆《あき》れる。

自身の業務であろうと、とにかく面倒にはかかわりたくないらしい。それで給料をもらえるのだから、ありがたい話だ。

弓波は声を荒らげた。

「外への窓口を広報に一本化しなくてどこがやるんだ」

（我々は社のトレンドな話題を発信しますが、経営にかかわる問い合わせへの対応は、渉外室でお願いします）

「そんなのどっちでもいい。とにかく調整して、この件についてはどっちが窓口なのか連絡をくれ」

弓波は電話を叩《たた》き切った。

その後、広報からはなんの連絡もない。

会社の危機に、自身の業績評価しか考えない連中がいる。

名取の指摘ももっともだ。

三十分後
JTP 13階 管理本部 総務部

経営管理部の斎藤部長、社長室の内山部長、そして総務部の深沢係長が、総会当日までの段取りを詰める会議に弓波は同席していた。

本来、秘書室長の業務ではないが、桑代の指示だからどうしようもない。

ただ、桑代の機嫌を損ねない程度に距離は置いていた。

当たり前の話だ。

原田は出かけている。どこかに寄って来るそうだ。彼が逃げを打つときの定番だ。

世渡りのうまい者は、人混みをすり抜けるように階段を上がって行く。それに比べて弓波は、見渡す限りの草原にたった一つ落ちている石に蹴《け》つまずく。

どちらも人生だ。

「もしファンドが取締役選任議案に反対する場合は、どんな手を使ってくる」

深沢から手渡されていた書類を一読した斎藤が、顔を上げた。

「修正動議でしょうね。彼らは十一人の取締役全員を否認するのではなく、変えたいのは社長でしょうから」

株主総会に出席する株主やその代理人は総会の議場において、総会の目的である事項について提案できる。つまり、会社が名取を新社長に推した場合、それに反対して、名取から片山に候補者を変更する動議を出してくるというわけだ。

「その取り扱いは」

「書面投票だけで可決に十分な賛成が確保されれば、修正動議先議方式ではなく、議長に我々の原案から先に採決してもらうつもりです」

総会では、株主からの提案は先に取り上げられるのが原則だ。しかし、修正動議とは、もともと原案の一部修正なのだから、議長の判断で原案と修正案を合わせて取り扱うことができる。

「そううまくいくかな。ファンドは取締役の選任の議案では、十一人の候補者について別々に審議することを求めてくるだろう。また、原案先議方式だと自分たちの案を潰《つぶ》される可能性が高いと考え、修正動議先議方式を取らせるべく、総会の進め方を変えろと求めてくるぞ」

総会の運営や手続きにかかわる要求には、株主総会の議場に諮《はか》らねばならないものと、議長の裁量で決められるものがある。ただ今回は、議長が取締役候補者を一人ずつではなく一括で採決しようとしても、ファンドは自分たちが推す候補者を社長にすべく、議場に諮って候補者ごとに決めろと要求してくる可能性が高い。

「総会での議事をどう進めるのか、その方法を提案する要求は侮れない。それに、議決権行使書では取締役の候補者ごとに賛否のチェックが書き込めるのだから、総会の場でも個別審議にすべきだ、と主張されれば安易に否定はできないぞ。やはり議場に諮るべきだろうな」

当日の議案について、欠席した株主が議決権行使書で表明した賛否の数は、出席した株主の議決権の数にプラスされる。しかし、議事進行のやり方については一々議決権行使書には記載されていないから、当日、総会に出席した株主によって決するのが原則だ。

「やはりそうでしょうか」

「考えてもみろ。総会の議長である名取副社長を取締役の候補者から外せ、と言ってくるんだぞ」

ですが、と深沢が表情を曇らせる。

「下手に議場に諮って、運営方法を変えろとの要求が認められたら、その流れのまま修正動議まで可決される恐れはありませんか」

「ある。議決権行使書も含めて、当日の票読みはどうなっている」

「まだ議決権行使書を発送すらしていませんので、なんとも言えません」

危機への対応は手探りの状態が続いているようだ。

「ファンドの動きで他に心配なことは」

今度は内山が口を開く。

「提案株主が提案の趣旨を長々と説明して、総会を混乱させることです」

修正動議が出された場合、提案株主に提案の趣旨について説明を求めなければならない。

「かと言って、趣旨説明を端折《はしょ》るわけにもいくまい。そこは時間がかかっても焦らずに乗り切るしかない」

「議長から、取締役会の意見としてはファンドからの修正動議に反対である旨を報告の上、会場に諮ります。ただ、賛否が拮抗《きっこう》している場合には議場投票を行うことになります。ですから、受付で投票用紙を配布しておいて、投票箱に投じてもらう準備が必要になります」

「投票には持ち込みたくないな」

そうですよね、と深沢が頷《うなず》く。

「ファンドが投票を求めてきても、それを確実に否決するため、安定株主に出席をお願いしておきます」

議事の進行方法を変えろという要求が出された場合、総会出席者の中で圧倒的多数を制するに足りる安定株主が議長に協力して反対してくれれば、容易に否決することができる。

黙したまま、弓波は胸の前で腕を組んだ。

こうしているうちに、時計の針は刻々と進んでいる。万全の準備が整う前に総会の日がやってくれれば、原田ではなく、斎藤や内山が不手際の責任を取らされるのだろうか。

午前十時三十分
JTP 13階 管理本部 総務部

何回目かの悩ましい総会の打ち合わせを終えて13階にある総務部の廊下を歩く弓波は、突然、陰から現れた大賀に声をかけられた。

「弓波さん」

「見損ないましたよ」

いきなり挑発的な大賀の言葉に、弓波はムカついた。

この忙しいときに。

「なにがですか」

「弓波さんはやりすぎだ。自分の仕事でもないのに、なぜ名取副社長と片山常務の後継争いに首を突っ込むのですか」

「意味がわかりません」

「頻繁に名取副社長に会われている」

「呼ばれているだけです」

「総会の段取りにも参加されてますね。名取副社長か片山常務を社長に選任する準備ですか」

腹に据えかねているらしく、大賀の声が上ずっている。

弓波にすれば、腹に据えかねる相手を間違えている。

「社内の混乱に弓波さんの責任を問う声が出ています。当社の恥をさらすことになりますから、これ以上、事態をややこしくしないでください」

「なぜややこしいとわかるのですか」

「それぐらいわかりますよ。それが証拠に、社内の雰囲気がどんどん悪くなっている」

「大賀さん」

「なんですか」

「あなたは同じことを、名取副社長や片山常務に伝えたのですか」

「いえ」

「ではなぜ私に」

それは、と大賀が口ごもる。

「大賀さんが心配している状況を作っているのは、私ではなく上の二人です。文句を言う相手が違います」

大賀が横を向く。

「弓波さんには失望しました。社の危機に立ち上がろうとしないどころか、名取副社長の腰巾着《こしぎんちゃく》じゃないですか」

「私が誰《だれ》となにを話しているのか知りもしないで」

「知らなくてもわかります。みんな噂《うわさ》してますよ」

「噂？」

「頑固すぎて九州に飛ばされた。戻ってきたと思ったら、今度はサラリーマンに徹していると」

さすがに頭に血がのぼった。

大賀の胸を弓波は指先で突いた。他部の者だからと配慮してきた目下への敬意など吹き飛んだ。

「誰に口をきいているつもりだ」

弓波の怒りに大賀がひるむ。

「君は会社を案じていると言いながら、三流経済小説に出てくる与太話が好物らしい。とんだお笑いだな」

「我々は真剣です」

「心の底から会社を案じているから、勤務時間中に秘書室長に難癖をつけるってか？　そんな暇があったら他にやることがあるだろう！」

なんですって、と大賀が弓波の腕を振り払う。

大賀が肩で息をしている。

いい歳《とし》したオヤジが廊下で言い争っている。傍目《はため》にはさぞや滑稽《こっけい》だろう。

もちろん、弓波には自分は間違ってはいないという自負はある。

しかし、大賀に説明するのも面倒臭い。

「弓波さん。このまま混乱が続いてまともな社長が選任できなければ、株主総会は大混乱です。TOBを仕かけられて、株価が暴落する前に、と多くの株主が応じれば、買収に成功したファンドに会社が切り売りされてしまう」

「君に教えられなくとも、そんな危機はどこの週刊誌にも書いてある」

「だからですよ」

「じゃあ、教えてくれ。富田関西支店長を新社長に選任したら、ファンドの攻撃は防げるのか。もしそうなら、さっき終わったくだらない総会対策の会議も不要になる。総務は大喜びだ」

大賀が唇の端を噛《か》む。大賀がどれだけ富田にこだわろうと、肝心の富田本人の決心が伝わってこない。

「どうなんだ」

大賀がふくれっ面に変わる。

「君は、自分たちの推す者を社長に据えるために、週刊誌の問題を口実にしているだけだ。

私に言わせれば君たちこそ、当社の置かれている現実が見えていない。わかるか、今、問題なのは社外の状況だ」

「我が社を取り巻く状況が厳しくなったのは今の経営者のせいだ。弓波さんは、人としてなにも感じないのですか」

「社にいるあいだは、私は弓波博之ではなく秘書室長だ。秘書室長としての責任を果たさねばならない」

正義感が空回りしている大賀にかかわっている暇などない。意味のない会話を切り上げるために、弓波はわざとらしい笑顔を作った。

せめてもの思いやりだ。

裏返った大賀のスーツの襟を直してやる。

「言いすぎた。でも、私は忙しい」

「どうやら弓波さんと話しても無駄なようです」

「一つ聞いてもいいかな」

大賀が睨《にら》み返す。

「なんですか」

「君たちが私利で動いているのではなく、真に社を思っているのか私は疑っている」

「失礼な」

「なら証明してみろ」

「証明などできません。信じてもらうしかない」

弓波は大賀の目を見た。

目が泳ぐならまやかし。志が本物なら強い目が逃げないだろう。

二人は廊下で睨み合った。

やがて。

もう少しで摑《つか》みかかりそうな顔の大賀が、弓波の横をすり抜けて行った。

午前十一時
JTP　12階　管理本部　秘書室

弓波は三上を秘書室に呼び出した。

いつもの会議室に入る。

大賀とは違う意味で、弓波は三上のことが気になっていた。片山に呼び出された件で、彼に釘《くぎ》を刺しておかねばならない。もう一つは、彼に自分と同じ匂《にお》いを感じていたからかもしれない。

弓波は微笑《ほほえ》みを向ける。

「このあいだ、食堂でおっしゃっていた用事とは」

「いえ。たいしたことではありません」

「弓波さんこそ、本当は私の用事になど興味はないのでしょう。なぜ私を呼ばれたのです」

勘の鋭い男だ。

「気が変わったのですか」

「先日、片山常務に呼ばれて、彼を追い落とそうとしていると疑われました。常務は私が

彼の失脚を狙《ねら》っているのですか」

「なぜそれを私に」

「あなたに聞く理由を聞くのですか？　それに、他の連中も、あなたなら知っていると思うでしょう」

三上が押し黙る。

逃げ道は塞《ふさ》いだ。

弓波は待つ。社内の混乱の片棒を担いでいる男がなにを言うのか。

やがて三上の顔が上がり、視線が戻ってきた。

「弓波さん。私のことをどう思います」

「いい噂は聞きません」

「好きでやっているわけではありません」

「名取派からのネタ取りは、片山常務からの指示だからやむを得ないと」

「一度、道を選んだら突き当たりまで行くしかない。群れの中で生きている者なら、皆同

じはず」

「途中で引き返すことは」

「まだ先があると思っているうちは無理です」

「あなたの道はどこへ続いているのですか」

「やがて光が射《さ》してくる場所。私はそれだけ仕えてきた……。あなたにはわからないでしょうけど」

三上の表情から迷いや後ろめたさは感じられない。

「弓波さんは名取派なのですか」

「愚問ですね」

「以前、総務にいらしたときから、あなたのことは存じ上げています。派閥とは最も遠い人だと思います。でも、あなたは今回の混乱の中にいる。なにがあったのですか」

「あなたに話すということは、片山常務に話すのと同じ事ですよ」

「決して言いませんから」

どの面下げて。

「それでも、この手の話はどこからか漏れるものです。そのとき、私はあなたを疑うことになる」

三上と目が合った。

敵対心を感じる。なら一言言っておこう。

「課長。これは忠告です。業務以外のことで、人を巻き込まないように」

「大きなお世話です」

三上が立ち上がった。

午後二時
東京都　品川区　東五反田五丁目　池田山

品川駅から五反田駅、目黒駅にかけての高台にある『城南五山』は人が雑多な駅周辺とは別世界の高級住宅街だ。

その中の池田山にある東郷邸を片山は訪れた。

社長就任への執念を見せる片山は、ここへ来る前、京浜銀行の中曽根頭取を訪ねて支持を要請したが拒否されていた。

格子戸で仕切られた玄関を抜けた片山は、出迎えた家政婦の案内で見事に刈り込んだ松と錦鯉《にしきごい》の遊ぶ池が見渡せる和室に通された。床の間には紫陽花を描いた掛け軸が吊《つ》るされ、奥の間へ続くふすまの前には、これまた漢画派と思しき墨絵の屏風《びょうぶ》が立ててある。

片山は独り、座布団に腰をおろした。

ここは都心の一等地だ。これだけの敷地にマンションを建てれば、孫子の代まで遊んで暮らせるだろう。庭の植木にしても、室内の装飾品だって、飾ってあるだけならなにも生み出さない。その価値観は片山には理解できないし、日がな一日、庭を眺めて過ごす暮らしなど耐えられない。

廊下から足音が近づいてきた。

「お待たせいたしました」

東郷龍太郎が床の間を背にして座布団に腰をおろす。

見事なロマンスグレーの髪、細面の顔に通った鼻梁《びりよう》、大きな耳、そして猛禽類《もうきんるい》を思わせる鋭い目。今どき、和装だった。

「突然おじゃまして恐縮です。片山と申します」

「東郷です」

「それにしても立派な庭ですな」

「日本庭園はお好きですか」

「もちろんです」と片山は庭に視線を向ける。「特に、あそこの椿《つばき》は見事に刈り込まれていますね」

「あれは、木斛《もっこく》です」

東郷が抑揚のない声で一蹴《いっしゅう》する。

片山の背筋が凍りついた。

家政婦さんがお茶を運んでくる。

片山はバツの悪さを彼女への礼でごまかした。

家政婦さんが下がるのを待って、東郷が口を開いた。

「今日はまた、どんなご用件でしょうか」

「率直に申し上げます。私が次期社長に就く選任案を支持して頂きたい」

東郷が悠然とタバコに火をつけた。

「なぜ私に？」

「弊社の筆頭株主であるとともに、安定株主でいらっしゃるからです」

「私は取締役ではない。そんな私の意向にそれほど影響力があると」

「はい。特に総会の場では」

「名取副社長ではなく、あなたを推せと」

「お願いいたします」

座布団を下りて両の拳《こぶし》をついた片山は、額を畳に押しつけた。

「あなたである理由は」

「本業がなかなか軌道に乗らない状況で、私はファイナンシャル部門を率いて業績を支えています」

「その実績からすれば、十分に社長の重責を担えると」

「はい」

「失礼だが、あなたは中国系ファンドとの関係が取りざたされていますね」

「噂にすぎません」

東郷がタバコの煙を見つめる。

「火のない所に煙は立たない」

「週刊誌は何事も面白おかしく書くものです」

「片山常務。お聞きしたいことがあります」

「なんなりと」

「ご自身の経営能力について、お話は伺いました。しかし任務懈怠《かいたい》、不正行為や違法行為があれば取締役は資質と責任を問われる。まさか、そのようなことは？」

「決して」

「御社のコーポレートガバナンス・コードでは、取締役に知識・経験・能力のバランス、多様性が求められている」

「いずれもクリアしています」

「ファンドの話はデマであるとして、強く社長の椅子《いす》に拘《こだわ》っているのは事実ですね」

「なぜ、そう思われるのですか」

「名取副社長から伺いました」

「互いが社長にふさわしいと思っているから、引くのは簡単ではありません。ただ、それは会社を思うからです」

「譲り合う気はない？」

「名取副社長は京浜銀行から三行半《みくだりはん》を突きつけられたとの噂です。つまり、残ったのは私です」

「あなたで社内はまとまるのですか」

「これはある種の権力闘争です。会社組織とは人事がすべて。私が社長だと認識すれば、社員は人事という権力にひれ伏すものです」

「つまり、あなたしかいないと?」

「お願いいたします」

腕を組んだ東郷が俯《うつむ》く。

なにかを思案している。

こんな場面を片山は何度も経験してきた。決して引いてはいけない。わずかな迷いや躊《ちゅう》躇《ちょ》を悟られるだけで、運は片山を見捨てる。

やがて、東郷が顔を上げた。

「あなたが候補の一人であることは認めましょう」

東郷の答えはノーではなかった。

嘘《うそ》や世辞は口にしない東郷ゆえに片山はある種の確信を得た。

午後三時五十五分
東京都　千代田区　五番町　ＪＲ東日本市ケ谷駅前

市《いち》ケ谷《や》駅交差点のすぐ東、有楽町《ゆうらくちょう》線を降りて地下鉄A1出口から靖国通りに出る。弓波は、通りの北沿いにある市ヶ谷プラザの前を通り過ぎて靖国神社方向へ歩く。

五月の陽射《ひざ》しは、今夏の猛暑を予感させるほど強烈だった。

弓波は脱いだ上着を右手にかける。

市ケ谷駅地区のメインストリートは、桜並木に沿ってビルが建ち並ぶオフィス街だ。アルカディア市ヶ谷私学会館前の九段南四丁目交差点で靖国通りを横断すると、目の前のカフェに入る。

白を基調にした明るい内装の店内に客はほとんどいなかった。

一番奥の席に、一目でお目当ての人物とわかる男が座っていた。

カウンターで受け取ったアイスコーヒーを左手に持った弓波は、痩《や》せて神経質そうな長身の男に声をかけた。

「寺岡さんですね」

男が小さく会釈した。

「私は弓波と申します」

エラが張った顔の真ん中にキツネ目。大竹から渡された写真とは違って、今日はダークグレーのジャケットとパンツで決めている。

「お忙しいなか恐縮です」

弓波は寺岡の正面に腰かける。

探る目がこちらを向いている。

「今日は暑いですね」

弓波のお愛想に寺岡は無言だった。

「突然、お電話して驚かれたでしょ。寺岡さんはカメラマンだとか」

「それがなにか」

疑い深そうな視線を寺岡が返してくる。

「そんなに構えないでください。ちょっとご相談があるのです」

「相談？」

「教えて頂きたいことがあります」

弓波は机の上に、鞄《かばん》から取り出した先週の『週刊東京』をおいた。

「我が社を取り上げたこの記事についてです」

「あなたはＪＴＰの方ですか」

「はい」

「私に文句でも？」

「いえ、この記事に興味を持っているだけです」

寺岡の気持ちをほぐすために、弓波は笑みを向けた。

「どんな？」

「あなたが撮った当社や社長の写真ですが、うちみたいに取り柄のない会社を、以前からずっと狙っていたわけではないでしょ」

「出版社と守秘義務契約があるので言えません」

「どうしても？」

「はい」

ため息とともに、弓波は鞄から取り出した茶封筒を机においた。

「これだけ入ってます」と弓波は指を二本立てた。

寺岡が封筒を見つめる。

「私の気持ちです」

「ずいぶん大金ですね」

「こんな相談をするのに、人それぞれ理由があります。私が聞きたい情報に、この金額がふさわしいと思われたら首を縦に振って頂きたい」

寺岡が弓波から顔をそらす。

何度か天井を仰ぎ、何度か床に視線を落とす。

弓波の依頼と報酬をパパラッチとして値踏みしているのか、弓波に金で買われることに人として逡巡《しゅんじゅん》しているのか。欲と自制が寺岡の中でせめぎ合っている。

「このことが、他にバレることはありません。約束します。私にとって東亜出版の記事など、どうでもよいのです。私に関係はない。それより、なぜ佐藤編集長は我が社に目をつけたのかご存じないですか。それからもう一つ。社長の行方に繋《つな》がる、なんらかの情報をお持ちではないですか」

弓波は押す。

大竹の情報どおり、寺岡が金に困っているなら断れないはずだ。

「プロのカメラマンとして、私にもクライアントの情報は売らないというプライドがあります」

「失礼だが、元々あなたは人のプライバシーを盗撮することを生業《なりわい》にしている。なら、多少の取材情報を他に伝えることなど瑣末《さまつ》なことでは？」

「言いますね」

「私が求めている情報は、あなたや編集長、ましてや他の者にとっては一銭の価値もない。でも、私には二百万の価値がある。必要としている者に、誰にも迷惑をかけることなく正当な対価で情報を渡すことが問題ですか」

まともな会社なら、二百万もの現金をつくるのは簡単ではない。「用途はなんですか」「これって交際費扱いですか、会議費扱いですか」「領収書は出るんでしょうね」と、しつっこく問う経理担当を説得するのに弓波は手を焼いた。

寺岡が封筒を見つめる。

生唾《なまつば》を飲み込んだ。

いきなり鷲摑《わしづか》みにした封筒を、寺岡が足元に置いたバックパックに押し込んだ。

交渉成立の瞬間だった。

「編集長から、ホテルで待ち伏せして田中社長が現れた所を撮れ、と何度か指示された」

「いつから」

「この春から」

「どこのホテルですか」

「六本木《ろっぽんぎ》のホテルグランドアストリア・トーキョー」

「なぜ、編集長は社長がそのホテルに行くことを知っていたのでしょうか」

「御社のリークだと」

「名前は言っていましたか」

「いえ」

「では、『週刊東京』に掲載された以外で、なにかヒントになる写真はありませんか」

弓波は知りたい。社長がホテルに着いたときに出迎えた者がいたならその顔、車寄せに停《と》まっていた車に関係者のものがなかったかを調べるために、そのナンバープレート。

「掲載は間に合いませんでしたが、五月十九日の午後、おたくの社長がある人物を車寄せで出迎えている写真があります」

「それは」

「京浜銀行の中曽根頭取です」

田中は弓波に謎《なぞ》の指示を出したあと、中曽根頭取と会っていた。どこかで、なにかが繋がっている。

「寺岡さん。あなたは中曽根頭取をご存じなのですか」

「編集長に教えてもらいました。彼は頭取と田中社長の写真を指さして、食えない奴《やつ》らとはこういう面だ、と言ってました」

編集長の言う『中曽根は食えない男』、とはなにを意味するのか。

どうやら真実を知るためには、田中に会わねばならないようだ。

午後八時
東京都　千代田区　飯田橋四丁目

弓波は、いつもの『Ｄｅｂｂｙ』にいた。

「弓波さん。なにか、お疲れの様子ですね」

マスターが弓波のグラスに、二つ目の氷を入れる。

「本来、私の仕事じゃないのに、総会がね」

「巻き込まれた」

「ある本部長のせいで。しかも、Ｂ級映画を思わせる騒ぎになるかもしれない」

「原因は、ファンドですか」

「それと社長の後継指名問題です」

「御社はファンドにつけ込まれる経営状態なのですか」

「いやいや。業績は悪くないし、配当もきちんと出します」

「なら、問題は社長の椅子ですか」

一つではあります、と弓波はスコッチのグラスを口に運ぶ。

「週刊誌が報じるとおり、ファンドまで片山常務を推すなら、会社としてはなんとしても阻止せねばならない」

「誰が社長かってそんな重要ですか」

「世間が思っている以上に重要です。漫画的なイメージ、そう、黒塗りの車で送り迎えしてもらって昼間は椅子にふんぞり返り、週末はゴルフ三昧《ざんまい》。とんちんかんな指示を出しても優秀な部下がフォローする。そんなわけがありません。決して名誉職でも、黙って神輿《みこし》に乗っていれば済む立場でもない。今の時代、社長の能力によって会社の業績が左右されます」

「弓波さんは、片山常務は社長にふさわしくないと」

「彼がそんな器でないことは誰もが知っている」

「器……ですか」

「すぐに結果を欲しがる彼は、部下にプレッシャーをかけ続ける。成果を急ぐ苛立《いらだ》ちは緊張を生み、成果を強いる指示は不満を根づかせるため、それらが飽和状態になったとき、組織は内側から崩壊するでしょう。片山常務に社長は無理です」

「それぞれの派閥内の問題だけでなく、派閥間の争いもあるわけですよね」

「私は、組織の弱点は派閥間の抗争よりむしろ、派閥内の鍔迫《つばぜ》り合《あ》いと馴《な》れ合《あ》いにあると思います。リンゴはぶつかり合って傷むより、内側から腐ることの方が多い」

「どうすれば」

「やはり、田中社長がしっかりと後継を指名すべきです。社長が退くときにやらねばならないことの一つです」

「でも姿をくらましてしまった」

「理由がわからない。でも、今からでも遅くない」

「出てこいと」

「だから、行方を探しています」

グラスの中で崩れた氷が音を立てる。

お代わりはどうします、とのマスターの気遣いに、弓波はグラスをさし出す。

「弓波さんは、一人で背負い込みすぎではありませんか」

そうかもしれない。群れないということは、仲間もいないということ。

マスターが新しいグラスに氷とスコッチを注《つ》いでくれる。

「私はくだらないゴタゴタに首は突っ込みません」

「でも、気にはなる」

「会社に潰れてもらっては困りますから。退職金はきちんともらいたい」

「周りがあなたを放《ほう》っておくかな？　なによりあなた自身が、なんとかすべき、と思ってらっしゃるように見えますけど」

「私は、目の前の業務で精一杯です」

「本当に？」

「私にできることは、いなくなったとはいえ社長の補佐と、不本意ながら総会の段取りです。それ以外にまで気を回す余裕はありません。そもそも会社とは組織で動くものです」

すぐにグラスが空になる。

このところ、弓波は酒に酔えなくなっていた。

「弓波さん。自分に正直になってください」

そうありたいと思う。でもそうあることが怖い。

「あなたなら大丈夫。きっとうまくいきます」

弓波の心の揺れまでも、マスターは見抜いているように見えた。

（2）

五月三十一日　土曜日　午前十一時
東京都　港区　虎ノ門四丁目　桜田通り

日比谷線神谷町《かみやちょう》駅を出て、桜田通りを北に歩く。街路樹が美しい桜田通り沿いの西はホテルオークラが建つ小高い丘へ続いている。通りの西沿いには、森ビルなどのデベロッパーが所有するオフィスビルが並ぶ。

休日にもかかわらず呼び出された弓波は、通りの西沿いに建つ神谷町病院に入った。高級ホテルを思わせる大きなガラス窓からふんだんに外光が取り込まれる開放的なロビーを抜け、奥のエレベーターで6階に上がる。茶色の絨毯《じゅうたん》、白い壁で統一された廊下を歩いた。弓波は憮然《ぶぜん》としていた。

突然、名取が入院したからだ。名目は検査入院。あれだけ好戦的で健康だった男が、なにを検査するのか。そもそも、今年の三月に人間ドックを受けたばかりだ。

どこまでも身勝手な男だ。名取の入院が許されるなら、弓波だって総会当日の有給取得を認めて欲しい。逃げ場のある者が羨《うらや》ましい。

頭の中で悪態をつきながら、弓波は廊下を歩く。

廊下の片側に一定の間隔で病室が並ぶ。それぞれの部屋は、重厚な木目模様の扉の脇《わき》に部屋番号とその下に患者のネームプレートがかけられている。

弓波は６０３号室の前で立ち止まった。

ネームプレートに名前は記されていない。

背広の埃《ほこり》を払ってから、弓波はインターホンを押す。

（弓波か）

スピーカーから聞き慣れた声が抜けてくる。

「はい」

（入れ。鍵《かぎ》は開いている）

弓波はドアのノブを回した。

ここが名取の病室だ。白い天井、白い壁に囲まれた20畳はあるかと思える広い室内。床には絨毯が敷かれ、本部長室を思わせるデスク、チェア、応接セット、さらに、ベッド横の袖机《そでづくえ》には65インチの有機ＥＬテレビが置かれている。

とても病室とは思えない豪奢《ごうしゃ》な部屋だった。

窓のカーテンは閉じられていた。

「遅くなりました」

チェアに腰かけてナイトガウンを羽織った名取が、ＣＮＮに合わせていたテレビを消した。

「まあ座れ」

ソファを指さした名取が、デスクを回り込んで弓波の正面に腰かける。

いたく健康そうだった。

「お体は大丈夫ですか」

一介の室長による精一杯の皮肉だった。

「気になるか」

「いえ」

弓波の即答に、一瞬苦笑を浮かべた名取がすぐに真顔に戻る。

「片山常務とCGMの件は聞いているか」

「CGMという名前は知りません。中国系ファンドと良からぬ関係にあるらしいことを、週刊誌で読んだだけです」

『週刊東京』が伝える片山常務と中国系ファンドの関係とは、片山がCGMなるファンドに対して、社長の椅子と引き換えに高配当と新株の引受を約束した疑惑だと名取が伝えた。

「これから総会までのあいだ、過程のすべてにかかわって万全の対策を講じられるよう君が仕切るのだ」

「馬鹿な。それは原田に命じてください」

「今回の総会を乗り切ることができなければ、自然・再生可能エネルギー開発という国策を担う我が社は中国資本の傘下になってしまう。誰が社長になろうと中国系ファンドの影響は排除しなければならない。そんな危機的状況では、様子を窺《うかが》いながら動く風見鶏《かざみどり》は不要だ。君の仕事だ」

弓波は沈黙を返した。なにを勝手な。

「なぜ俺《おれ》なんだ、という顔だな」

「正直に申してよろしいですか」

「構わん」

「お願いですから、私を巻き込まないでください。副社長には多くの優秀な部下がいらっしゃるはず」

優秀？　なるほど、と名取が肘《ひじ》かけを右の掌《てのひら》で軽く叩いた。

「彼らには芯《しん》がない。寄らば大樹の連中、ま、そういう風に仕立てたのだが、私がいなければ動き方一つ知らない」

名取の表情にかすかに影がさす。

「私のことを恨んでいるか」

「恨んではいませんが、納得はしていません」

「人事とは能力を尺度に行うものではない。それぞれの長が、自身の組織を動かすために使いやすい者かどうかで決まる」

「私は人事にかかわったことがありません」

「君は組織人としての自分の欠点をどう思う」

「考えたこともありません」

「上を目ざすために、馬鹿になり切れないことだ。求められるのは、倫理観ではなく忠誠心、それも個人への忠誠心だ。簡単に言うと、君は上からは使いにくい人間なのだ」

「なぜそんな話を私に？」

「ところが今は違う。このような局面で必要な人間は、能力で選ばねばならない。相手の出方を読み、万全の準備を整える視野の広さ。かつ、当日に臨機応変な対応ができる機転。不正や理不尽を放置できない正義感と社への想《おも》いを持つ者。私が好きか嫌いかではない」

「私は罰点を食らった人間ですよ。他に適任者はいくらでもいます」

「そう思うなら、名をあげてみろ」

原田、三上、大賀、何人かの顔が浮かぶ。

どれも泡のごとく消えていった。

「正直だな。原田なら重責から逃げたい一心で適当な名前をあげるだろう。わかるか。だから君なんだよ。戻ってきてからの社内の混乱を見て、君はもどかしい思いのはずだ。このままではまずい、なんとかしなければ、そう思っているはずだ。違うか？」

「私は一介の秘書室長です」

「二年前の弓波博之はどこへ行った」

弓波は無言で顔を背けた。

「まあいい。いずれ、私の言うとおりになる」

「まるで他人事ですね。そもそも副社長はいつまで入院されるのですか」

「火に飛び込む夏の虫になる必要もあるまい。それに……」

なぜか名取が次の言葉を飲み込んだ。

どうした。

完全無欠の経営者。自尊心の塊、冷血、無慈悲。

そんな名取の表情に見たこともない弱気がよぎるのを、弓波は見逃さなかった。


今日は土曜日だ。家に戻るために弓波は病室を出た。

考え事をしながら廊下を歩く。

名取は、なぜ弓波を使う。なぜ弓波に総会を仕切らせようとする。なぜ、なぜ、なぜ。

疑問が渦巻いていた。

「弓波」

聞き慣れた声に足を止めた。

気がつくと、いつのまにかエレベーターの手前まで来ていた。

行く手をふさいで、桑代管理本部長が立っていた。

「なにをしている」

こちらが聞きたい。

「名取副社長に呼ばれました」

桑代の表情に、あからさまな嫌悪の色が浮かんだ。

「なにを言われた」

「週刊誌に出ていた中国系ファンドの動きが真実なら、阻止しろと」

「気をつけろよ」

「どういうことですか」

「彼は君の部門長じゃないんだぞ。職域を逸脱した業務を行うだけで、周りはでしゃばっているとしか思わない。誰も君の正義感になど興味はない」

正義感？

そんなものあるわけがない。

それに、文句があるなら直接、名取に言え。

管理本部長として、桑代はなにを考えているのか。良《よ》し悪《あ》しは別にして、名取の危機感が他の取締役に共有されていない。

（3）

六月二日　月曜日　午後一時

東京都　千代田区　富士見一丁目　株式会社ジャパンテックパワー

「こちらから告発する前に向こうがコケたな」

14階にあるファイナンシャル本部長室で、背もたれに寄りかかった片山は勝者の余裕を感じさせている。

デスクの反対側に立った三上は、背筋を伸ばして胸を張った。

「名取副社長はなぜ辞表を」

「怖くなったんだろう。社長の重責、自身の健康」

「常務の勝ちですね」

三上は三上の事情で、心の底から安堵《あんど》の息を吐いた。目的を果たしたのだ。

「お前たちが集めたネタはそれなりに面白かったよ」

三上たちが集めた名取一派のネタは様々だった。最も多かったのは、名取によるパワハラ行為だ。冷酷で非情な名取にふさわしい告発はいくつもある。何人の社員が人生を狂わされ、長い単身赴任の生活を強いられることになったことか。

しかし、それは片山の部下も同じだ。

名取の下では、従う者と従わない者は看守と囚人の関係を思わせたが、片山の下では万人が囚人だ。ただ、名取に対する声で意外だったことがある。情報をよこせと誘った社員の中に、経営者としての名取を評価する者が多かったことだ。

どうやら、名取は目の前の常務とは人種が異なるようだ。

「ご相談があります」

三上は切り出した。

「なんだ」

「私たちはかなり強引に情報を集めました。そのせいで、社内に私たちへの反感があります」

「心配するな。もうじき私には人事権という伝家の宝刀が手に入る。逆らう奴などどうにでもできる」

「私たちを守って頂けますか」

「なにを弱気なことを言っている。昇進そのものが競争だ。今までお前は、何人も蹴落としてきただろう」

「私が蹴落としたわけではありません。能力や業績によって、私が選ばれただけです。でも、今回は違う」

「なにが」

「どこにでもある昇進レースの結果は、個人のわだかまりとして残るだけです。しかし、今回は組織の怒りが私たちに向くかもしれません」

「頭の二、三人を飛ばしてやれば、下の連中はすくみ上がって沈黙する」

なにかに気が散っている様子の片山。どうやら、他のことを考えている。彼にとって三上の嘆願など上の空で聞く程度の重みらしい。

「常務はそれで済んでも、私たちはそうはいきません」

「なんだと」

「日々、名取派の社員と接することになりますから、なにをされるかわかりません」

「弱気じゃないか」

「簡単ではありません」

三上は、自分たちが恐れている未来を訴えた。

「片山常務のお立場からは見えない下界があるのです。そこでは私たちの周りに、怒り狂ったハイエナがたむろしている」

「私にどうして欲しいのだ」

「一日も早く恩賞をお願いします」

「恩賞？」

「はっきりした結果。私たちが選ばれたと誰もが思う地位です」

片山が顎《あご》をしゃくる。

「そう急ぐな」

はっ？　と三上は目を見開いた。

「どういう意味ですか」

「すぐにお前たちを昇進させるわけにもいかない。物事には順番とバランスがある。周りの目を考えてみろ」

周りの目を気にするなと言ったのは片山のはず。

「では、いつになったら」

「これから考える」

「しかし」

「たかだか名取副社長のネタをちょっと集めただけで、思い上がるな」

三上は言葉を失った。

同僚たちの蔑《さげす》みの視線を感じながら過ごしてきた日々になど、片山は興味がないらしい。

「それはないでしょう。だって……」

思わず拳を握った。すべてを捧げ、この一件に賭《か》けただけに、片山への怒りは半端ではない。

「もういい。下がれ」

「いえ。下がりません」

「お前、誰に口をきいている。次期社長に逆らうのか!」

労《ねぎら》いも、感謝の欠けらもない片山の怒りが三上をねじ伏せる。

常務室から廊下へ出た三上は、怒声を発しながら壁を殴りつけた。

午後二時三十分
東京都　港区　虎ノ門四丁目　神谷町病院

日比谷線神谷町駅を出て、街路樹が美しい桜田通りを北に歩く。

建ち並ぶオフィスビルの前を通り過ぎた弓波は、桜田通りの西沿いに建つ神谷町病院に入った。前回と同じく、高級ホテルを思わせる大きなガラス窓からふんだんに外光が取り込まれる開放的なロビーを抜け、奥のエレベーターで6階に上がる。茶色の絨毯、白い壁で統一された廊下を早足で歩いた。

弓波は怒っていた。名取が辞表を提出したと望月から連絡があったからだ。

603号室の前で立ち止まる。

今日もネームプレートに名前はない。

弓波はインターホンを押す。

「弓波です」

(入れ)

弓波は、乱暴にドアのノブを回した。

白い天井、白い壁に囲まれた病室とは思えない豪奢な室内。本部長室を思わせるデスク、チェア、応接セット。ベッド横の袖机に置かれた65インチの有機ＥＬテレビは消されたままで、今日も窓のカーテンは閉じられていた。

「失礼します」

薄暗い部屋でナイトガウンを羽織った名取が、チェアに腰かけていた。

「どうした突然？」

「理由を教えてください」

名取がふっと横を向いた。

なぜか表情が弱々しかった。

「退くべきと思ったからだ」

「身勝手です。今の当社の状況をどうお考えですか。新社長が片山常務でもよろしいのですか！」

ここへ来るまでのあいだに頭の中で渦巻いていた不満が、一気に溢《あふ》れ出る。

「片山かどうかは別にして、私が社長に選任される可能性はない。ならば不要な軋轢《あつれき》を避けるためにも退く決意をしただけだ」

「どういうことですか」

弓波の剣幕に、珍しく名取が言葉を選んでいる。

やがて。

「ここ数日、京浜銀行をはじめとした主要株主が、潮が引くように私と距離を置き始めた。なにか思惑があるようだが、それは私にもわからない」

「周りが片山常務を推し始めたと？」

「それしかあるまい」

「ファンドまでバックについているなら、後継選任は雪崩《なだれ》をうって片山常務に流れますよ。なにか取引でもあったのですか」

「欲に目が眩《くら》んだファンドならまだしも、京浜銀行たちを説得できるほど片山に知恵はあるまい」

「では」

「もはや私に裏を取る力はない」

「逃げるのですか」

弓波の挑発に、名取がいつもの突き刺す視線を返す。

「なんだと」

「副社長の立場で部下に様々な無理難題を強要し、成果を出せない者は切り捨ててきた。事業統括本部は死屍累々《ししるいるい》です」

「自分もそうだった、と言いたいのか」

「あなたのことは好きではない。もっとはっきり言えば、あなたの指示など糞食《くそく》らえだ。しかし、今回はすべてを胸の内にしまい込んで、あなたではなく副社長からの指示だと思えばこそ従ったのですよ。今の今まで走り回ってきたのに」

「それが本音か」

「批判など物ともせず、我が社を育て上げると公言したあなたの志はどうなったのです。

切り捨てられた者、梯子《はしご》を外された者をどうするおつもりですか」

「経営者は部下のために仕事をするわけではない。自身も業績で判断される。私は社長として不適格と判断され、それゆえに身を引くのだ。今の君の質問は、私の首を取った連中にぶつけろ」

「片山常務のような凡庸を社長に担ごうとする連中にですか」

「社内なのか、社外なのか知らんが、要するに数の力なのだ。私より片山を推す声が大きくなったということだ」

「片山常務の派閥が力を持ったのも、あなたへの不満分子を吸い上げたことがきっかけでは」

「弓波。私の仕事のやり方が批判を受けていることは重々承知してきた。しかし、まだ若くて、足元がおぼつかないＪＴＰを引っ張るにはそれしかなかったのだ。我が社の社員たちは会社への忠誠心に乏しい。もともと、当社に入ればなにか良いことが起こる、と期待して集まった中途採用の連中ばかりだ。会社の将来性に不安を覚えれば、さっさと次の勤め先を探す。違うか」

「当社の意義を理解して誇りを持っている者だって多くいます」

「そうかな。田中社長が失踪してからの片山の派手な動きと対照的に、『週刊東京』に記事を抜かれてからの社員の白けた空気をどう説明する」

名取がデスクに置いていたコーヒーカップを口に寄せる。

自分で淹《い》れたのだろう。それが名取の今の境遇だ。

「事業統括本部長の仕事は、どなたに引き継がれるのですか」

「木下か加藤だろうな。ただ、私が決めることではない」

弓波、と名取が表情を引き締めた。

「今回の問題に距離を置いていた君が、なぜ、そこまでムキになる」

「それは……」

「やはりな。今、君の内側でこみ上げているものに正直になってみろ。二日前にも伝えたが、今回の総会を乗り切らねば我が社に未来はない。その鍵を握っているのは、片山でも桑代でもなく君だ」

「敵前逃亡しておいて、よくおっしゃいますね」

「乱世に必要なのは志。それを持っているのはお前だけだ」

名取が一息の間を置いた。

「二年前、九州へ飛ばされた君は、私の不正行為を上に告発しなかった。なぜだ」

「人を売るのは嫌いです」

「逆境でも己を失わず、俗悪に堕《お》ちない……か。私もそうありたいと思う」

虚《うつ》ろな目で、名取が天井を見上げた。

「消えていく人間、敗れ去った代取に鞭《むち》を打つな。形や方法は異なるが、社を想う気持ちは君となんら変わらない。さあ、こんな所にいないで社に戻れ。やるべきことが山ほどあるはずだ」

名取らしい別辞だった。

あれだけ権勢を誇った経営者がこれほど呆気《あっけ》なく失脚するとは。

弓波にはわかる。

なにかが起きた。

「名取副社長。一つ教えてください。五月十九日、ホテルグランドアストリア・トーキョーの玄関で、社長が京浜銀行の中曽根頭取を出迎えているところを写真に撮られています。二人にどんな関係があるのですか」

寺岡がよこした写真に、車寄せで中曽根を出迎える田中の姿が写っていた。

「なぜ、そのことを君が知っている?」

「それは聞かないでください」

「弓波。この件には首を突っ込むな。それが君のためだ」

名取が弓波から視線を外す。そして、その視線は決して戻ってこなかった。

「失礼しました」と弓波は病室を辞した。

この男と会うことは二度とない、という予感を抱きながら。

午後五時

JTP　14階　ファイナンシャル本部長室

「ご苦労」

片山は上機嫌だった。

なぜか常務の脇には、三上課長が控えていた。

名取の病院から戻ったと思ったら、片山に呼び出された。

あれもこれもが煩わしくて仕方ない。

片山は配下の社員や、取引先に勝利宣言している。底の浅い片山にとっては社長の椅子が人生の目的らしい。問題は社長になってからなのに、彼のビジョンはまるで見えない。社外のファンドやアナリストばかり見ながら、日々の株価に一喜一憂して部下を罵倒《ばとう》し続けるトップがもうまもなく誕生する。

弓波も転職を考えた方が良いかもしれない。

「頼みがある」

椅子に座る片山の口調は軽やかだが、壁にかけられた奥村土牛の『富士』も、この部屋では色を失っている。

自分の椅子がもう一回り大きくなる日を片山は待ち望んでいるだろうが、弓波はその姿を見たくない。

「今後、わが社の記事は取り上げない、と東亜出版に話をつけてこい」

そんなことだろうと思った。目の前の男が求めるものは相変わらず低俗な無理強いだ。

弓波はちらりと三上を見た。

なぜか三上は無表情だった。

「私には秘書室長の仕事以外に、総会の準備があります」

「そんなものは総務に任せておけ。今年の総会は、もはやなんの心配もない」

「しかし、桑代管理本部長からの命令です」

片山が一転、不機嫌そうな表情を浮かべる。

いつもの片山が顔を覗《のぞ》かせる。

「私に従うかどうかでお前の将来が決まるぞ」

片山の脅しに、もう一度、弓波は三上を見た。

置物のように立つ三上は、目を合わせない。

「ファイナンシャル本部長が、管理本部配下の秘書室長である私に指示を出される根拠はなんですか」

「社のトップとしての判断だ。我が社のリスクは、事をややこしくする東亜出版だけになった」

「かけ合ったところで、編集長が承諾しなければ」

「承諾させるのがお前の仕事だ」

「無理だと思います」

弓波は即答した。

「会う前から決めつけるな」

「私は編集長と一度会っています」

「知ってるよ。だから呼んだんだ」

「話しても無理ですね」

「なら聞かせてくれ。どうすれば手を引かせることができる。金か？」

「そんな事をすれば余計にややこしくなります。それに、この件は私より三上課長がふさわしいのでは」

不意の指名に、三上が「余計なことを」といった表情を浮かべる。舌打ちが聞こえて来そうだった。

片山がこの場に三上を呼んだということは、それなりの理由があるからなのだろう。それとも、弓波の公開処刑を見せしめとして見学させるためか。

右の眉《まゆ》を吊《つ》り上げた片山が三上を見る。

「どうなんだ。三上」

「できません」

三上が即答する。

「もう一度言ってみろ」

「できません！」

三上が語気を強める。

意外だった。三上の片山に対する態度に驚いた。

「なら、出て行け」

一礼もせず踵《きびす》を返した三上が部屋を出て行く。乱暴にドアが閉まった。

弓波だけが残された。ここで片山の無理強いを受け入れれば、これからも際限なく同じことが起きるだろう。

永遠に。

彼は弓波を消耗品としか見ていないのだ。先ほどの三上の態度を見ればわかる。片山にどれだけ尽くそうが、先ほど彼が言った『私に従うかどうかでお前の将来が決まる』などということは起こらないのだ。

弓波の返事は一つしかない。

「申し訳ありませんが、他の者にお願いします」

「弓波。私は敗者の悲鳴が好きだ。都落ちが決まった者の負け惜しみもだ。なぜだかわかるか」

「いえ」

「勝利を実感させてくれるからだ」

背もたれに寄りかかった片山が恍惚《こうこつ》とした表情を浮かべる。

「君は二度目の敗者になりたいのか」

形ばかりに会釈した弓波は足早に本部長室を後にした。

（4）

六月三日　火曜日　午前十時
東京都　千代田区　富士見一丁目　株式会社ジャパンテックパワー

今日は朝から雨だった。

弓波は、書類を抱えて12階Nゾーンの役員会議室に入った。

七月三日の木曜日に予定されている株主総会に向けた臨時の決算取締役会が、これから開催される。

今日、出席するのは田中と名取を除いた九人の取締役だ。

総務部長でもないのに、「昨日から休みをとっている原田の代わりを務めろ」と突然桑代から指示された弓波が会議室に入ると、すでに経営企画本部長の木下代表取締役専務執行役員、ビジネスソリューション本部長の加藤代表取締役専務執行役員、管理本部長の桑代取締役常務執行役員、そして新井ら五人の社外取締役が中央の円卓に腰かけている。

片山常務がまだ来ていない。

弓波は総会担当の深沢係長と下座に並んで腰かけた。

「いやいや、皆さんお待たせしました」

片山が意気揚々と現れた。

全員が揃《そろ》った。

「それでは、これより臨時の決算取締役会を開催いたします。まず、本日の議長を選任したいと思います。皆様にご異存がなければ木下専務にお願いしたいと思いますが、いかがでしょうか」

弓波は努めて冷静に振る舞った。

「異議なし」と全員が頷く。

「それでは木下専務、お願いいたします」

「では、皆様の了承を得られたようですので、これより本日の次第に従って取締役会を開催いたします」

木下専務が手元の資料を手に取る。

いよいよ、ＪＴＰの運命を決める取締役会が始まった。

「まずは、深沢係長より本日の議題を説明願います」

弓波の隣に座る深沢が、総会までの日程から報告を始める。

六月六日に招集通知を証券取引所に提出。六月十一日に招集通知の発送、計算書類、事業報告を提出すると同時に、監査報告を本店と支店に備置。七月二日に議決権行使の期限。

そして、七月三日に株主総会。

「この日程で進めてまいります」

以上です、と深沢が木下に戻す。

「社長と副社長の辞任という緊急事態が発生したため、前回、五月十九日に開催した決算取締役会でお諮りした計算書類、事業報告の承認はそのままに、本日、株主提案の有無、総会招集事項、新社長の選任を経たうえで付議議案を決定し、その後、決定内容を証券取引所へ通知します」

「二十九日に締め切られた株主提案はどうなった」

ビジネスソリューション本部長の加藤専務が口を開く。

「株主提案はございませんでしたが、事前質問状が届いております」

「質問状だって」

「はい」

「どの株主から」

「キャピタルゲインマネジメントです」

加藤、桑代、新井、三人の取締役が眉をひそめる。片山だけは平然としていた。

「内容は」

「当社の保有資産状況からすると、70円を超える配当が可能ではないかとの質問です」

株主は、株主総会で質問する事項を事前に通知することができる。株主総会までに質問に答えるための調査や準備が可能なら、取締役や監査役は総会での説明を拒否することはできない。

「70円だって。馬鹿な。原資がどこにあるというのだ」

加藤専務が呆れた声を上げる。

「当社の提案は40円だったよな」

加藤が桑代に確認する。

「そうです」

「70円の配当は無理だと総会で説明すれば、CGMは剰余金の処分にかんする第一号議案について、修正動議を提出するかもしれません」

片山を横目で見ながら、弓波は懸念を伝えた。

総会で株主は、招集通知に記載された議題に関係する修正動議を提案できる。

「深沢。その場合、議決権行使書の賛成数はどう扱うのだ」

「原案に賛成、と記された議決権行使書は、修正案への反対票として扱う見解を議長に宣言して頂いたうえ、取締役会の意見としては当該議案に反対である旨を報告してから議案の審議を行います」

「議場投票の準備はいらないのか」

「招集通知を発送すらしていないので、あくまでも想定になりますが、戻って来た議決権行使書の賛成数が少ない場合は、総会での賛否が拮抗することも予想されますので、議場投票の準備として受付で投票用紙を配布することになります」

深沢の説明に加藤、桑代、新井の三人が頷いた。

「よろしいですか」と木下専務が室内を見回す。

引き続いて、第二号議案以外の総会招集事項が確認された。

「第二号議案をお諮りする前に、田中社長と名取副社長の辞表を受理する件はいかがでしょうか」

片山以外の三人の口が重い。会議室の空気は乾き切っていた。

「……異議なし」

「では最後になりますが、第二号議案の取締役十一名選任の件についてお諮りします。まず名取副社長の後任として事業統括本部長には私、木下が。私の後任の経営企画本部長には増田《ますだ》副本部長が昇格、ファイナンシャル本部長に加藤専務、加藤専務の後任となるビジネスソリューション本部長には竹山《たけやま》副本部長が昇格。桑代常務と五人の社外取締役の方々には留任して頂く案でいかがでしょうか」

初めて八人全員が「異議なし」と即答した。

頬《ほお》を緩めた片山が大きく息を吸い込んでいる。

いよいよ次は社長の選任だ。

「では最後に代表取締役社長の選任についてですが、実は筆頭株主の東郷氏からコメントを頂いています。それは後ほどお伝えするとして、ご意見のある方はいらっしゃいますか」

片山が照れ笑いを浮かべている。

「議長」と桑代が右手を挙げた。

「どうぞ」

「経済産業省の資源エネルギー庁長官だった黒田宏明《くろだひろあき》氏を推薦いたします。氏は三年前に経産省を退職されたあと、京浜銀行の顧問を務められています」

弓波は完全に意表を突かれた。

桑代の思いもしない提案だった。

取締役選任議案は、取締役会の過半数によって決定する。今日の臨時取締役会は社内四人、社外五人の構成だ。つまり、五票を得た人物が社長に選ばれる。片山以外の社内取締役三人が桑代の提案に賛成しても、社外の五人が片山を社長に推せば、多数決で片山が社長に就任してしまう。

一か八かの勝負に桑代は出たのか。

「では、桑代常務の提案に賛成の皆さんは挙手をお願いいたします」

「異議なし！」

片山以外の七人が力強く即答した。木下が態度を表明しなくとも、桑代の提案が採決された。

弓波は、思わず片山を見た。片山の社長昇格が否定された。

なぜ、これほど完璧《かんぺき》に全員が……。一人ぐらい片山を評価する者がいてもおかしくないのに。

机の上で両の拳を握りしめた片山が蒼《あお》ざめている。

弓波は机の指先に視線を落とした。

もしかして……、もしかして桑代たちは、『週刊東京』の記事を利用したのか。

中立な立場の社外取締役たちに、「社内には次期社長にふさわしい人材がいない」「ここは経験豊富な官僚ＯＢが最適だ。よって黒田受け入れもやむなし」と刷り込むためだったとしたら。その線で根回しされていたとしたら。

もしそうなら、記事そのものが……。

弓波は顔から血の気が引くのを覚えた。

引き続き、桑代の提案で経産省と連携を密にする方針が決定される。間違いない。いつのまにか、経産省主導で社長の人選と取締役会の多数派工作が行われていたのだ。

「ふざけるな」

片山が唸《うな》った。

「ふざけるな！　そんな海のものとも、山のものともわからん官僚に会社を任せられるか」

桑代が片山を向く。

「片山常務。黒田氏はいい加減な人物などではありません。一九八四年に東都大学法学部を卒業後、当時の通産省に入省。産業政策局、在アメリカ日本大使館、通商政策局、資源エネルギー庁で要職を務められた。役所の同期には日比谷《ひびや》経産大臣、高山《たかやま》秋田県知事などがいらっしゃるので人脈も豊富です。当社の社長としてお迎えするにふさわしいと考えます」

「なら私をどうするつもりですか！　木下専務」

マントヒヒのごとく片山が歯をむき出しにして吠《ほ》える。

「今回の株主総会で退いてもらう。これは君を除く我々の決定事項だ」

思いもしなかった取締役会の総意が明らかになった。

片山が立ち上がった。

「私の今までの苦労をどうしてくれる。名取副社長がいない今、当社の舵取《かじと》りをできるのは私だけだぞ！　東郷氏だってそう言っているはずだ」

肩で息をした片山が両の掌で机を叩きつけた。

そのとき。

「私はそんなことは言ってないよ、片山常務」

会議室の扉が開いて姿をみせたのは、秘書を引き連れた東郷だった。今日も和装で決めている。

「お忙しいなか恐縮です」と立ち上がった木下が出迎える。

円卓を回り込んだ東郷が「いいかな」と木下の隣で秘書が引いた席に腰かける。お辞儀をした秘書が会議室を出て行く。

片山が東郷を睨みつける。

「なぜあなたが取締役会に出席するのだ」

「私がお願いしたのだ」と木下が答える。

東郷が机の上で指を組んだ。

「本日の取締役会にお招き頂き、まずは御礼申し上げる。木下専務から、最後の議案である新社長の選任について、筆頭株主として意見を述べて欲しいと頼まれて参上しました」

穏やかな物腰、そして鷹《たか》を思わせる鋭い目。それだけで小物はすくみ上がる。

「御社のコーポレートガバナンス・コードは、取締役会の知識・経験・能力のバランス、多様性および規模についての考え方を定めている。社長は社の頂点に立って経営責任を負う立場だが、先日、片山常務にお会いした際、残念ながらその責を担うに足る人物ではないと感じました」

「一度会っただけでなにがわかる」

「ある取締役に経営を任せるにあたり、障害となるのはなにか。任務懈怠、不正行為、違法行為がある場合や経営能力に欠けている場合、いくつかあげられる」

「それと私になんの関係がある」

「自身の欲から会社への敵対行為を行い、部下を使って会社の業務執行を阻害し、会社の信用を損なおうとしている。違うかな」

東郷の眼光に、片山が唇を噛む。

奥歯の軋《きし》む音が聞こえる気がした。

完全なる敗北とは、このことを言うのだろう。

東郷が視線で木下を促す。

木下が頷き返す。

「では、第二号議案の取締役十一名選任の件についても了承を得たということで、本日の議題はすべて終了しました。他になにかございますか」

加藤と桑代が満足げに首を横に振る。

「それでは、これにて閉会いたします」

木下が立ち上がった。

「お前ら覚えてろよ！」と片山が机の書類を払いのける。

深沢が床に散乱した書類を集めようと駆け寄る。「どけ」と彼を突き倒した片山が足早に会議室を出て行く。

ご苦労でしたな、と労いの言葉をかける東郷に、木下が深々とした一礼で謝意を伝えた。

弓波はしばらく、席から立てなかった。

まさか、こんなことが。

弓波は、今日の取締役会の結果を恐れていたが、恐れることになったのは結果ではなく過程だった。

午後一時二十分
JTP 12階 管理本部 秘書室

片山も失脚した。

社長の椅子は、週刊誌で騒がれた名取でも片山でもなく、はるか天上から落下傘で降りてくる経産省の元官僚に決まった。黒田とはどんな人物なのか。弓波には、あのクソ生意気な政策推進課長とイメージが重なってしようがない。

弓波は釈然としなかった。

思えばおかしなことが山ほどあるからだ。

原田が言っていた、田中社長と京浜銀行による取締役会刷新の動き。黒田が京浜銀行の顧問であること。経産省の課長が放った「経産省がなければＪＴＰなどなかった」という発言。名取の不自然な入院と唐突な辞職。そして今日、取締役会での片山解任と新社長の選任。そんなそぶりを一切見せなかった取締役連中の情報管理と段取りの良さ。

なにかが陰で動いていたのは間違いない。

田中に聞くしかない。でも、どうやって……。

「望月さん」

弓波は秘書の望月を呼んだ。

キーボードを打っていた望月が手を止める。

「はい」

「桑代管理本部長の最近の予定表を見せてください」

黒田体制に移行するまでの社内調整は、桑代管理本部長に一任される。部下ではなく、管理本部長自ら行うらしい。なぜ。弓波は引っかかった。

「お待ちください」

マウスを操作した望月が、弓波のデスクトップパソコンに桑代の予定表を送ってくれた。データを開いた弓波は、半年前に遡《さかのぼ》って桑代の動きを調べ始めた。するとおかしなことに気づいた。今年の三月以降、毎週火曜日の午後四時に京浜銀行との打ち合わせが入っている。もう一点、田中が失踪した五月十九日の月曜日と翌二十日の火曜日、二日続けて京浜銀行との予定で午後三時三十分から外出している。しかも、これらの予定だけ場所の記録がない。

「望月さん。桑代管理本部長は毎週、京浜銀行と打ち合わせをしているようですが、場所はわかりますか」

「ちょっとお待ちください」と望月が自分のパソコンにデータを呼び出す。「変ですね。……管理本部長秘書の倉田《くらた》さんに聞いてみます」

すぐに桑代の秘書に望月が電話してくれた。

「京浜銀行との定例だけは行き先を告げず、社用車も使わずにお出かけになるそうです」

「十九日の月曜日も？」

「そのようです」

弓波は額に手を当てた。

壁の出退表示ボードを見ると、桑代の名前は点灯している。

「桑代管理本部長の運転手さんを呼んでもらえますか」

五分もしないうちに、運転手が12階まで上がってきてくれた。

「運転手の川上《かわかみ》と申します」

弓波は川上と打ち合わせ机に座った。

「五月十九日の月曜日と、二十日の火曜日、桑代管理本部長が出かけるときに変わったことはありませんでしたか」

しばらく、川上が記憶の糸を手繰ってくれる。

「二日とも、管理本部長は午後にタクシーでお出かけになりました」

「車寄せから」

「はい」

「管理本部長が呼んだタクシー会社を覚えていますか」

「いつもの関東中央タクシーでした」

すぐに関東中央タクシーに電話を入れた弓波は、ＪＴＰの営業担当者に頼んで当日の配車記録を調べてもらう。

桑代の行き先は、両日とも六本木にあるグランドアストリア・トーキョーだった。

「望月さん。今まで、社長や管理本部長がこのホテルを使ったことは」

「ありません。領収書精算やカードの請求書にもありませんでした」

すると、運転手が「あの」と遠慮がちに口を開く。「社長がいなくなる前の週の火曜日、管理本部長から連絡があってこのホテルの客室まで書類を届けました」

「客室番号を覚えていますか」

運転手が自身のスマホで、桑代から届いたショートメールを確認する。

「808号室です」

午後四時
東京都　港区　六本木三丁目　ホテルグランドアストリア・トーキョー

雨足が強くなっていた。

六本木交差点から溜池山王《ためいけさんのう》方向に100メートルほど進んだ六本木通り沿いに、ホテルグランドアストリア・トーキョーはある。

地上30階建てのメインタワーと、地上20階建てのウイングタワーの2棟からなり、客室は800室ある。15のレストランとバー、ショッピングアーケード、大小30の宴会場、フィットネスルーム、ガーデンプール、エステティックサロン、ビジネスセンター、ルームサービスはもちろん、24時間のコンシェルジュサービスなどを備えた最新のラグジュアリーホテルだった。

大理石が間接照明に照らされたエントランスで、にこやかなドアマンに迎えられた弓波は、重厚なドアを抜けてロビーに入った。

春の花で彩られたロビー装花の周囲には、和風の大空間が広がっている。

随所に日本の伝統的意匠を取り入れたロビーは、たとえば、窓は繊細な木組み格子で縁取られ、壁面装飾は京都の西陣織《にしじんおり》が使われている。天井から下がるのは麻を使った直径が1メートルはあろうかという丸い和風ペンダントライトだ。

弓波は木目調のバックライトが映えるレセプションに向かった。

「株式会社ジャパンテックパワーの弓波と申します。客室に忘れ物をしたのですが、こちらでよろしいですか」

弓波は女性のフロント・クラークに名刺をさし出した。

「弓波様、いつもお世話になっております。お忘れ物のお問い合わせですね」

「先週の火曜日、当社の管理本部長が客室にUSBを忘れました。重要なデータが入っているので、大至急調べて欲しいのですが」

「客室番号はお分かりでしょうか」

「808号室です」

フロント・クラークが客室係に電話で確認する。

「申し訳ありませんが、遺失物は届いておりません」

「では、客室を調べさせてください」

それは、と相手が困った表情を浮かべる。

「現在、お客様が入られておりますので、後ほど調べてご連絡さし上げます」

やはり来ているのか。

「急ぐんです。今、部屋を使っているのは京浜銀行さんでしょ。毎週、この時間に当社と京浜銀行さんが808号室を使っていることは管理本部長から聞いている。先方も私のことは知っているから心配しなくてよい」

「失礼ですが、お客様の情報はお伝えできません」

弓波はレセプションの机に両の掌をついた。

「私を誰だと思っている！　君では話にならない。フロントマネージャーを呼べ」

弓波の大声がレセプションに響く。周囲の視線が二人に集まった。

ある者は眉をひそめ、ある者は横目で睨みつける。

「お待たせいたしました。弓波様」

年配の男が奥から現れた。

「君は」

「フロントマネージャーの北村《きたむら》と申します」

「事情は聞いたか」

「はい」

「重要なUSBなんだ。大至急、客室を調べてくれ」

「その件については、別の場所でご説明します」と取りなす北村を、弓波は「ここで構わない」と突っぱねた。

周りを気にしながら、北村が小声で「今、お客様が入られています。どうかご理解ください」と頭を下げる。

「だから、客は京浜銀行さんとうちの管理本部長なんだろ」

「それは……」

北村が眉を曇らせる。やはり連中は今日も来ているのだ。

「管理本部長が今日も来ているならなおさらだ。私はそれを知ったうえで頼んでいる。もしそちらのミスで情報漏洩《ろうえい》が起きたら、二度とここを使わないどころか訴えるぞ」

「申し訳ございません」

謝罪でなんとか収めようとする。

「とにかく急ぐんだ。桑代が出てくるまでどこかで待たせてもらおう」

ではこちらへ、と北村がロビーを見通せるラウンジに弓波を案内する。

「なにかお飲みになりますか。もちろん、お代は頂戴《ちょうだい》いたしません」

「それじゃあ、コーヒーを」

片手を挙げて呼び寄せたラウンジスタッフに弓波のコーヒーを注文した北村が、「ごゆっくりどうぞ」とお辞儀を向けてから辞した。

弓波はソファで待った。頭の中に色々なことが浮かんでは消える。
何度も時計を見る。
コーヒーが冷め切った頃《ころ》、ようやく動きがあった。
京浜銀行の中曽根頭取と経産省の奥平《おくだいら》審議官が姿を現した。
中曽根たちがエントランスを出ると、ドアマンが車を呼ぶ。
二人を乗せた黒塗りの社用車と公用車が走り去る。
今日は二人だけかと思ったとき、エレベーターから桑代が姿を現した。
やはり。
ロビーを抜ける桑代を弓波は追った。
車寄せに出る。レクサスが横づけされる。
「管理本部長。京浜銀行と定例の打ち合わせですか」
弓波の声に桑代が振り返る。
桑代が目を見開いた。
「なんの話だ」
ドアマンがレクサスのドアを開ける。弓波はドアマンと桑代のあいだに割って入った。
「今回の一件は、経産省と京浜銀行の筋書きに沿っているのですね」
「どけ」と弓波を押しのけて桑代が車に乗り込もうとする。
「田中社長に会わせてください」と弓波は後部座席のドアを押さえた。

「なんのために」

「私は秘書室長ですよ。社長の口から真実を聞きたい」

「無理だな。おい」と桑代がドアマンに目配せする。

「お客様。危険ですのでおやめください」

ドアマンが弓波の腕を摑む。弓波はその手を振り払った。

その隙《すき》に桑代がドアを閉めた。

拳一個分だけ下がっていたウインドウの隙間から、弓波は桑代に侮蔑《ぶべつ》の言葉を投げつける。

「桑代管理本部長。会社を役所に売るというのはどんな気分ですか！」

「知ったような口をきくな」

レクサスが走り出す。

待て！　と弓波は車を追いかける。

桑代を乗せたレクサスが走り去った。

土砂降りの雨が肩を叩く。

「ふざけるんじゃねえ！」

握りしめた拳の指が白く震えていた。

(5)

六月四日　水曜日　午後三時

東京都　千代田区　富士見一丁目　株式会社ジャパンテックパワー

昨日とは一転、外は快晴だった。

青く、雲一つない空が、やがてくる盛夏を予感させる。

ところが、下界には霧がかかっている。

弓波は12階の自席で、パソコンのディスプレイを見ながら、物思いに沈んでいた。あれこれ考えてしまうから、正直、朝から仕事が手についていない。

昨日という日は、弓波の長いサラリーマン人生で最も劇的な一日だった。まさかそんなことが、と思える事件が現実に起きた。社員にはわからない経営者だけが直面する過酷な現実と非情な運命がある。それが証拠に、この半月で一部上場企業の取締役三人が姿を消すことになった。

このままでは総会は持たないという予感と、巻き込まれたくないという小気に弓波の心は揺れていた。

どこかで声がした。

「弓波さん」

見ると、望月が呼んでいる。

「三上さんがお見えです」

ドアの所に三上が立っていた。

弓波は視線でいつもの小会議室を示した。

「望月さん。ちょっと外します」

もはや心得た望月が、頷いてくれる。

三上と会議室に入った弓波は、後ろ手にドアを閉めた。

「すみません。お忙しいのに」と三上が丁寧な声を出す。

三上と机を挟んだ正面に弓波は腰かけた。

「どうされました」

「ご相談があります」

三上は落ち着いていた。

「すでにお聞きになっているかもしれませんが、今朝からコンプラポストに我々の一連の行動を告発する投稿が続いています」

まるで他人事のように淡々と語る。

「失礼。私はまるで知りません」

「それだけではありません。職場で同じ部の社員から無視される。食堂で席に座ろうとすると周りの社員が席を立つ。舌打ちもされました。挙句に廊下でわざと肩をぶつけてくる社員もいる」

愚痴を聞いて欲しいのか。

「先ほど、桑代さんに呼ばれました。社内規則に違反したため、私と横田を含む五名に懲戒処分が下ると告げられました」

「あなた方が勤務時間中に業務以外のことで社内を混乱させたのは事実です」

「混乱させたのは私たちだけじゃない。なのに、なぜ私たちだけが」

悪いのは自分たちだけではない。言い逃れの常套句だ。

「あのとき、引き返すべきだと私は忠告したはず」

「でも仕方なかった」

「残念ですが、それはあなた方の理屈だ」

「減給か出勤停止ののち、地方勤務でしょうか」

「嫌ですか」

「もう二度と、本社には戻ってこられない」

「本社だけが職場ではない」

「私はこれで終わりですか」

「そう思うのは、役職だけで仕事を捉えるからです。仕事そのものにやりがいを見つけられるかどうかは、あなた次第です」

「歳下の上司の下で、雑巾《ぞうきん》がけから始めるのですか」

「その発想のままなら他の職場を探すべきです」

弓波の突き放しに三上が、いかにも不満そうな表情を浮かべる。

「なんとか、桑代さんに取りなしてもらえませんか」

それが要件か。

三上はこの期に及んで、まだ世渡りのことを考えている。

「私には無理です」

「そこをなんとか」

「私は管理本部長と親しくはない。ご存じのはず」

「私たちを見捨てるのですか」

「見捨てるもなにも、頼む相手を間違えている」

「なら聞きますが、弓波さんも私たちと同罪でしょ」

「おっしゃる意味がわかりません」

「だって、名取副社長や片山常務の企《たく》みや動きを知りながら、見逃して来た。認めますよね」

三上の本性が顔を出す。

三上さん！　と弓波は語気を強めた。

「正直に言います。あなたたちの今回の行動は、あまりに浅ましかった。社内の規律を守るためにも、あなた方はきちんと処分を受けなければならない」

「私たちの行動は、片山常務から無理強いされただけです。それに、あなただって、東亜出版への工作を命じられたじゃないですか」

「常務が一方的に命じただけ。私は断った」

「でも告発はしなかった」

呆れて物が言えない。

「課長。もうやめにしましょう。あなたが私を告発したいなら止めはしない。私は逃げも隠れもしない」

弓波は立ち上がった。

「とにかく、裏で動いてなんとか取りなそう、という考えは捨てなさい」

「では、どうすれば」

「日本の会社は簡単に社員の首を切らない。どこの職場、どんなポジションになろうと、実直に、誠実に業務に向き合っていれば周りはそれを見ています。三上さんはがんばってるよ、もう一度チャンスをあげてもいいんじゃない、と思う者が一人、また一人増えてくれば、いつか贖罪《しょくざい》が叶《かな》うかもしれない。でもそれは、これからのあなたの行動が決めるのです」

「倉庫の隅で机だけ与えられるという話を聞いたこともあります」

仮にそうなろうと自分で蒔《ま》いた種だ。

「それは上の器の問題です。受け入れるか他を探すか、人生を選び直すことになるかもしれませんが、今、恐れても仕方ない」

「あなたならどちらを選びます」

「失礼ですが、私は人を陥れたことがないからわかりません」

「私とは違うと」

「はい」

「世間はそう見るかな」

意味深な一言を残して三上が去って行った。

午後十時三十分
千葉県　船橋市　本中山三丁目

家に着いた。

今日は心底疲れた。

昨日の桑代管理本部長との一悶着《ひともんちゃく》、今日の三上とのやり取り。

夜気の中で弓波は我が家を見上げた。穏やかなときも、そうでないときも、弓波が戻ってくる場所だ。

玄関を開けた。

灯《あか》りがついている。こんな時間なのに。

「おかえりなさい」と理恵子がリビングから出てきた。

「まだ起きてたのか」

「うん。今日は一緒に晩御飯を食べようと思って。お風呂《ふろ》は」

「腹がへったから、先に食事でいいや」

「なら、着替えてきて。そのあいだに準備しておくから」

急いで階段を上がった弓波は、寝室で着替えを始める。ベッドの上で折りたたまれた普段着が弓波を迎えてくれた。

今日はなにかの記念日だったっけ、と弓波は心配になった。どうしても思い出せない。

花でも買ってくりゃよかったかな、と後ろめたさを覚える。

恐るおそる、1階のリビングに降りる。足音を忍ばせる癖がついていた。

「これで足りるかしら」

小鉢二つ、サラダ、メインのアジフライ、味噌汁《みそしる》にご飯。いつもの理恵子の料理が並んでいる。どうやら記念日ではなさそうだ。

「頂きます」と手を合わせてから食事が始まった。

しばらく、他愛のない会話を交わす。

「なにがあったの」

突然、理恵子が切り出した。

えっ、と弓波は目を丸くした。

「会社でなにかあったんでしょ」

「どうして」

「何年、あなたと一緒だと思ってるの。昨日なんか、びしょ濡《ぬ》れで帰ってくるし」

すべてお見通しらしい。

弓波は箸《はし》と茶碗《ちゃわん》をテーブルに戻した。

「今度こそ首になるかもしれない」

「そう」

「理由を聞かないのか」

「どうして」

「なにしたのとか、馬鹿じゃないのとか、言いたいことがあるだろう」

「私があなたの仕事に口出ししたことある？」

「だって首になるんだぞ」

「あなたが間違ったことしたの？」

「それだけはない」

「じゃあ、いいじゃない」

理恵子の方が、弓波よりよほど腹がすわっている。

今まで仕事について理恵子に話したことは一度もなかったけれど、今回は違う気がした。弓波は昨日までの出来事をかいつまんで理恵子に伝えた。

「俺はまったく世渡りが下手だ。会社の現状を憂《うれ》えて声をかけてくる連中に壁を作り、挙句、昨日は桑代管理本部長に喧嘩《けんか》を売ってしまった。周りからは呆れられ、笑われてる」

一度告白すると、弱気が止まらなくなった。

「みんなが笑ってるの」

「きっとな」

「そんなことないわよ。損をすることになっても絶対に嘘をつかない、人を裏切らない不器用さ。本当のあなたを知っている友だちや同僚の人たちは、そんなあなただからこそつき合っているのよ。あなたが気づいてないだけ」

「そんな奴、いるわけがない」

「いるわよ」

「誰」

「私」

心臓が口から飛び出るかと思った。

「でも、今のあなたは、あなたらしくないわ。自分に嘘をついてる。違う?」

「……それは」

理恵子が真顔を向ける。

「会社が大変なんでしょ。あなたを頼る人がいるんでしょ」

「もう、面倒には巻き込まれたくない」

「他人のことじゃなくて、あなたの気持ちの問題じゃないの」

なぜわかる。

「私には会社の事情や周りの人のことはわからない。でも、あなたのことはわかる」

理恵子が箸をテーブルに戻した。

テーブルの上に掌を重ねて置く。

「今なすべきことは、あなたが一番わかってるんでしょ。見て見ぬ振りしてやり過ごしたら、きっと後悔する」

「俺はそれで一回失敗した。今度もきっとそうだ。もうあんな目に遭うのはごめんんだ。長い物に巻かれることが必要な歳になったんだよ」

弓波の弱気に、理恵子が小首を傾《かし》げる。

「あなた、達磨大師《だるまだいし》の話を知ってる?」

「達磨?」

「仏教を篤《あつ》く信仰していた梁《りょう》の武帝《ぶてい》は、天竺《てんじく》から来た達磨を喜んで迎えた。帝《みかど》は達磨に尋ねたそうよ。私は多くの寺を建立し、経を写して仏教を広め、僧の生活を支えてきた。その行いにどんな功徳《くどく》があるだろうかって。達磨は答えたそうよ。どれも功徳はないと。驚いた帝は尋ねるの。どうして功徳がないのかと。達磨は言った。あなたの行いはただ人間界・天界の小果《しょうか》、煩悩《ぼんのう》による善にすぎないと。これってあなたの話よ。あなたは達磨。私はそう思う」

「そんな禅問答みたいな話、急に言われたって……」

「あなたとつき合い始めてしばらくしたとき、私の会社へ謝罪に訪れたあなたがどんな思いだったのか聞いたこと覚えてる? あなたはこう言った。部下を責める前に、上司である前に、自分は人を思いやり、利欲に捉われず、なすべきことをなし、約束を守り誠実でありたいって。ただそれだけだと。功徳を求めず、小果、煩悩による善になど目もくれない達磨そのものだと私は思ったわ。あなたはそういう人。私にはそれで充分よ」

孔子《こうし》が説いた五常と呼ばれる五つの徳目、仁《じん》・義《ぎ》・礼《れい》・智《ち》・信《しん》のことを理恵子が教えてくれる。『仁』は人を思いやること。『義』は利欲に捉われず、なすべきことをすること。

『信』は友情に厚く、言明をたがえないこと、真実を告げること、約束を守ること、誠実であることだそうだ。

だから、と理恵子が柔和だけれど強いまなざしを弓波に向ける。

「なにがあっても結果を恐れず、あなたらしくあって。達磨が凹《へこ》んでて、どうするの」

「俺に戦えと」

「そうすべきと思ってるんでしょ。違う？」

理恵子はまっすぐだった。

なにかが起きることを恐れるより、弓波の進むべき道を見てくれている。

理恵子の言葉の中に失《な》くしていた自分がある。

「……あのさ」

「なに」

「お前のキーホルダー、達磨がついてるんだな」

「今頃気づいたの。結婚したときからずっとよ」

「どうして」

「言ったでしょ。あなたは達磨。だからずっと身につけてきたの。あなたがどこにいようと、あなたの代わりに達磨さんがいてくれる」

理恵子が笑った。

あのとき、赤坂見附の駅で見た笑顔だった。

4章

(1)

六月十二日　木曜日　午後三時
東京都　千代田区　富士見一丁目　株式会社ジャパンテックパワー

六月六日に招集通知を証券取引所に提出。六月十一日に招集通知の発送、計算書類、事業報告を提出すると同時に、監査報告が本店と支店に備置された。もはや、七月三日の株主総会に向けて引き返せない。

社の命運が決まる日は三週間後に確実にやってくる。

今さら、どこかのファンドが株を新たに購入しても、JTPの定款で定める定時株主総会の基準日を過ぎているから招集通知の対象にならない。つまり、今年の総会のためにTOBを仕かけられる恐れはない。しかしここ数日、ネット媒体を使ったCGMによると思われる攻撃が強まっていた。このままでは目標株価、配当アップの実現を公約する彼らに、多くの株主がなびいて、下手をすれば返送された議決権行使書で議案を否決する意見が過半数を超えるかもしれない。

さらに、もう一つ。懸念というか、疑念がある。

取締役会のことではない。そこに至る経過のことだ。

この春から、毎週火曜日にホテルの一室で田中と桑代、京浜銀行、そして経産省がなにを話し合っていたのか。８０８号室はＪＴＰの身売りを話し合う部屋だったのか。５３００人の従業員の運命が、ホテルの小さな部屋で決したとしたら。

もはや誰《だれ》が味方なのか、誰を信じれば良いのかわからない。


昨夜はほとんど眠れなかった。ずっと考えていた。

自分がなにをすべきか。九州へ行く前の自分ならなにを考えたか。

理恵子の思いが弓波の中に、小さな火をつけた。

それを大きくすべきなのか。

その前に、弓波なりに納得したいことがいくつかある。

弓波は桑代管理本部長の部屋に押しかけた。

名取や片山の部屋に比べればはるかに地味で質素だが、絨毯《じゅうたん》を敷き詰めた部屋の窓際に本棚と桑代の趣味らしき樫《かし》一枚板のデスク、そしてハイバックのチェアが置かれている。

桑代がデスクで決裁書らしき書類に目を通している。

「ちょっと待て」

いかにも煩わしそうに桑代が弓波を迎える。

それなら、と弓波も腹をくくる。

「私がまいった理由はお分かりですよね」

聞こえているのかいないのか、桑代は書類から顔を上げようともしない。

ならば、と弓波は自身の妄想について問わず語りを始めた。

「なかなかよくできた話だと思われませんか。どこかの週刊誌が使ってくれるかもしれない。東亜出版が、あなた方の持ち込んだネタを使ったように」

ようやく桑代が顔を上げた。

「私を脅しているのか」

「出版社は一社ではありません。私の持つ情報を別の出版社に流したら、一大スキャンダルになる。どうやって総会を乗り切るおつもりですか」

「会社を裏切るのか」

「裏切ったのはあなただ」

「弓波。君になにがわかる。安っぽい正義感で会社を潰《つぶ》すつもりか」

「姑息《こそく》な策を巡らしたのはあなたたちだ。社長の椅子《いす》を欲しがる役所に取締役会が屈服した、と社員に知れれば人心はバラバラになり、優秀な者は沈みゆく船から逃げ出す。経営など成り立たない」

「我々の苦労も知らないで」

「苦労？　メインバンク主導で役所に会社を譲り渡す話が」

「浅いな」

弓波、と桑代がため息を吐き出す。「一を見て十を知ろうとするな」

「引っ込んでろと」

「年長者からの忠告だよ」

桑代が決裁書を既決の箱に放《ほう》り込む。

「なぜ私たちが経産省から社長を迎えてまで取締役会を強化しようと思ったか。一つは純粋に経営者としての資質。もう一つはファンドの存在だよ」

「ＣＧＭですか」

「一社だけではない。傷ついたガゼルに群がるハイエナのごとく、連中は連携して当社を狙《ねら》い始めた」

「当社の対応は」

「だからだよ。片山のように社を売り飛ばす輩《やから》のいる取締役会は、刷新する必要があったのだ」

「経産省の後ろ盾が必要だということですか」

「後ろ盾などという中途半端な支援ではない。ＣＧＭの８％を超え、かつ主要株主と認められる10％まで国の保有株比率を上げてもらうのだ」

「買収防止策としてですか」

「君はＴＯＢを阻止する手段をどれだけ知っている」

「ホワイトナイトぐらいです」

「全ファンドの持ち分を合わせると、当社株の保有比率は10％を超えている。だから、一つや二つの対抗策ではとても足りない。国の保有比率を上げるだけでなく、ジューイッシュ・デンティスト、黄金株、絶対的多数条項など、考えられる限りの買収防止策を準備する必要がある」

ジューイッシュ・デンティストとは、被買収企業が敵対的買収者の社会的な弱点を、マスコミに流すことでイメージ・ダウンを図ったり、買収の意義を下げるようにし向ける買収防衛策のことだ。黄金株とは、株主総会で会社の合併などの重要議案を否決できる特別な株式のことで、拒否権付き株式ともいわれる。そして、絶対的多数条項とは、通常は株主総会で過半数の賛成を得られれば取締役を解任できる規定を、80％もしくは90％以上の賛成が必要と議決要件を厳しくすることをいう。

「いいか弓波。今度の総会は戦いの初戦にすぎない。連中との攻防は今後も続く。したたかに、根気よく立ち向かう覚悟と準備が必要なのだ。我々が考える準備は二つだ。一つは、買収防衛策には原資が必要だから、内部留保を増やしておくこと。だから今期は配当を抑えて内部留保に回す。もう一つは国をバックに機動的な買収防衛策が打てるよう、経産省から社長を受け入れることだ」

掌《てのひら》を額にあてがった桑代が唇を噛《か》む。

もしかしたら、あまりにも速く事が進みすぎて、桑代の決心が置き去りにされているのかもしれない。

「弓波。君は学生時代にクラブ活動をしたことがあるか」

桑代が突然、思いもかけないことを言い出す。

「……中高でサッカーをやってました」

「三年になって引退するまで続けたか?」

「はい」

「キャプテンになったか」

「どちらも副キャプテンでした」

「一、二年のあいだは、先輩のしごきや無理強いに憤ったことがあるだろう」

「あります」

「ところが、三年になって下級生を指導する立場になったとき、それまでと違うなにかを感じたり、悩んだことは」

なんの話か知らないが、思い当たることはある。

「下の者を導く難しさと責任です」

経営も同じだよ、と桑代が頷《うなず》く。

「経営者と呼ばれる立場になって初めて、人と組織を導く難しさを知る。加えて、経営者に求められる業務も、責任も多様化している。今回の社長人事に、なぜ社外から、なぜ役人から、と不満を抱く連中はいるだろう。ただそれは、君が経験した下級生時代の不満と同じだ」

管理本部長としての戒めなのか、自身の教訓なのか、桑代が続ける。

「従業員が数百人で、トップがすべてに目配り、気配りできる企業なら、能力さえあれば若くて尖《とが》っていても社長は務まる。しかし、複数の部門が並存し、当社のように従業員が5000人を超える企業では、部門間の調整や外部との折衝がトップにとって重要な業務となる」

「だから、官僚トップの経験と人脈が求められるのですか」

「そうだ。社員と経営者は上下関係で隔てられているのではない。求められる職務と責任が別物なのだ」

弓波と桑代の悩みは異質だと思い知る。

ならば、せめてあと一つだけ聞きたい事がある。

「教えて頂きたい。田中社長はどこにいるのですか」

「社長は後進に社の将来を委《ゆだ》ねた。そっとしておいてさしあげろ」

桑代が窓の向こうへ視線をそらした。

桑代の部屋を出た弓波は、独りになりたいから屋上へ上がった。

15階でエレベーターを降り、非常階段を上がると、屋上への鉄扉を抜けた。

窒息しそうなほど息が苦しかった。

午後の陽《ひ》を浴びながら歩いて、南の手すりに寄りかかる。

梅雨入《つゆい》り前の水無月《みなづき》の空は、初夏の勢いに満ちている。靖国神社から北の丸公園、そして皇居へ続く森の新緑も美しい。

穏やかな風が頬《ほお》を撫《な》でる。

我を通して九州へ飛ばされた。周りと自分を見比べる癖が染みついた。周りが見えるようになるにつれ、自分が見えなくなっていた。

そして今、社が生まれ変わる痛みと危機が、弓波への期待と向き合っている。

時が流れても変わらぬ万象が、変わらぬことは逃げないことと教える。

「結果を恐れず、あなたらしくあって」と背中を押してくれた理恵子の言葉が蘇《よみがえ》る。

弓波は自分の無様を恥じた。

手すりを摑《つか》んだ両腕に力を込め、胸を張った弓波は天を見上げた。

もう一度だけ。

そう決めた。

同時刻

JTP 14階 ファイナンシャル本部長室

壁の木目の模様は、まるでコンクリートの壁にしみ出たカビか苔《こけ》を思わせる。西に開けた窓に切り取られた富士山が、切り絵のごとく立体感を失っている。

今の片山の執務室は打ち捨てられた廃屋か牢獄《ろうごく》のごとくうらぶれていた。

樫の木で造られた重厚なデスクに座る片山の前に、三上は立った。

デスクの上には書類一枚、ペン一本、置かれていない。

「なんの用だ」

あと三週間で常務の椅子を追われる片山は無表情だった。

「私はどうなるのですか」

「知るか」

「あなたに、あれだけ仕えたのに」

「お前のような出来の悪い部下を選んだのが間違いだった」

「なんですって」

「文句があるのか」

「私の将来を返せ」

「将来？　もともとお前に将来などない」

片山が吐き捨てる。

「自分をよく見てみろ。経理でくすぶっていたところを拾ってもらっただけでもありがたいと思え。経費処理しか能がなかったお前だぞ。誰のおかげで課長になれた」

「私は必死で仕事をして、成果を出した」

「成果？　なんの成果だ。言ってみろ。お前よりも会社の業績に貢献した者は山ほどいる。お前は漫然と日々の仕事をこなしていただけだ。名取副社長の情報を集めろとの指示だってそうだ。動いたのは横田で、お前ではない」

「横田は私の部下です」

「奴《やつ》はお前の指示で動いたのではない。自身の功名心で動いた。それでも奴は気の利いた動きができる。それに比べてお前はどうだ。そんなお前に今以上のポスト、部長など務まるわけがないだろう。思い上がるな」

「もう一度言ってみろ」

　堪え難い屈辱に三上は声を震わせた。

「三上。お前は使われてなんぼの下っ端だ」

　三上のなかでなにかが切れた。

　デスクを回り込んだ三上は、片山の胸ぐらを摑んで立ち上がらせると、壁に押しつけた。

　片山のチェアが床に倒れる音が響いた。

「このまま済むと思っているのか」

「放せ！」

三上の腕を振りほどこうともがきながら、片山が喘《あえ》ぐ。

「おい。誰か。誰かいないか！」

片山の大声に秘書が駆け込んでくる。

「三上さん。なにされてるんですか」

駆け寄った秘書が、三上を後ろから羽交い締めにする。

「引っ込んでろ！」

「三上さん。やめてください。警察を呼びますよ」

秘書が三上を片山から引き剝《は》がす。

片山が両手で三上の胸を突いた。

「お前。自分のしたことがわかってるんだろうな！　お前は終わりだ。終わりだよ。失《う》せろ！」

「どこまでもおめでたい奴だな」

三上は秘書の腕を振りほどく。

片山の皮を何枚剝ごうと、下から出てくるのは同じクズの顔だ。

「いつまでも上司面してんじゃねーよ。吠《ほ》え面《づら》かくなよ」

捨て台詞《ぜりふ》を残して執務室から出た三上は、ドアを乱暴に閉める。

三上の心は決まった。

(2)

六月十六日　月曜日　午後一時

東京都　千代田区　富士見一丁目　株式会社ジャパンテックパワー

13階の総務部に関係者を集めて、株主総会での事前質問状への回答、予想される修正動議と株主質問にどう対処すべきかの議論が交わされている。それらを問答集にまとめて、取締役に事前レクすることになる。

いつもと同じく、用意された席に弓波は黙って腰かけていた。違っているのは、今日は原田が出席していることだ。名取が辞職してからの原田は元気がない。肩で風を切る勢いも、周囲への自慢話も影を潜めた。廊下ですれ違っても弓波に気づかない。自制しているのか、誰かに鼻っ柱をへし折られたのか知らないが、心ここにあらずといった頼りなさを感じる。ただ、今まで以上に彼が業務をおろそかにするのでは、と弓波は心配だった。だから、「一件寄ってくる」という言い訳が利かないよう、今日は会議の開始時間を午後一時に設定した。

定刻になり、担当の深沢係長の仕切りで会議が始まった。

「それでは、ＣＧＭから届いた事前質問状への回答についてご報告いたします。お手元の資料にありますが、届いた質問は当社の保有資産状況からすると、70円を超える配当が可能ではないかとの内容です」

「彼らはどんなふうに攻めてくると考える」

どう見ても気が入っていない原田が問う。

「はい。本年三月期は、剰余金が期を通じて20％増となり、処分可能利益も前期比９％増の１２０億円余りだ。にもかかわらず取締役会の決定は前期同様、配当総額52億円、一株につき40円の配当、配当性向は26％という情けない数字である。我々は、配当額一株につき70円を要求する。そんなところだと思います」

「どう回答する」

「来季以降の経済情勢から次期繰越金を40億円は確保したい旨を説明してもらいます」

「それで否決に持っていけるか」

「議決権行使書面の賛成が多数ならいけると思います」

「ギリギリなら」

「会場での採決を挙手で取るか、拍手にするか、多数決をどう判断するか、議長の裁量に任せるしかありません」

深沢の意見に取締役連中が顔を見合わせる。

総会で議長の権限は絶大だ。

皆が木下の表情を窺《うかが》っている。

深沢が弓波にそっと指を立てる。弓波は頷き返した。

深沢の咳払《せきばら》いで、次の課題に移る。

「では次に参ります。取締役選任の質疑についてです」

「まずは週刊誌の記事についてだろうな」

先日まで名取を担いでいた原田が、出来の良い総務部長のイメージをアピールし始めた。

木下への売り込みらしい。

「はい」

「当社は週刊誌に報道された不祥事があったのに、事業報告にも記載がないし、総会当日の説明もない。まったく反省していないし、会社として重く受け止めていないということか。そう聞くだろうな」

「今回の不祥事につきましては、株主様にも大変なご心配をおかけしましたことを重く受け止めております。事態が判明した時点で即座に善後策を講ずべく、それが今回の取締役選任案です。格段の記載をいたしませんでしたが、あってはならないことであり、再発防止策を社内で徹底して改善に努めてまいります、から入りたいと思います」

「それで納得する連中か」

「他に言いようはないかなと。株主総会はゴシップの真偽を議論する場ではありません」

「新しい取締役の選任基準や選任プロセスを教えて欲しい。実績や能力などをきちんと評価しているのか、と問われたら」

経営管理部の斎藤部長が口を開く。

「業績、経歴、適性、能力、実績評価などをもとに経営会議で審議し、選定したうえ、代表取締役が取締役会に提案し、取締役会にて決定しております。株主の皆様にはご心配をおかけして恐縮に存じますが、新しい取締役を含め、一丸となって社の発展に努めます、という回答はどうでしょう」

深沢の作戦は的を射ている。

この場の誰が考えようと、代替案など出ないだろう。

「では剰余金の処理についてまいります」

深沢の説明を聞きながら、これからなすべきことはなにか、弓波は総会までの日々を思い描いていた。

午後二時三十分

JTP 12階 管理本部 秘書室

「色々考えましたがもう一度、一から出直す覚悟をしました」

総務から戻った弓波を、突然、三上が訪ねてきた。

やけに低姿勢だった。

「そうですか」

「弓波さんにはご迷惑をおかけしました。どんな処分になろうと受け入れる覚悟です」

思えば、二年前、弓波も同じ心境だった。贖罪《しょくざい》のために三上もそれぐらいの日々は耐え忍ばねばならないだろう。

これまでの二年は短いけれど、これからの二年は長いものだ。

「心機一転がんばってください」

弓波の励ましに、三上が姿勢をただす。

「異動はおそらく八月一日だと思います。ついては、今回の総会が荒れる原因を作った者として、そのあいだ、なにかしらお手伝いできることはないでしょうか。申し訳なくて、総会までのみなさんの苦労を、じっと見ていられません。いえ、なんでもいたします」

三上が頭を下げる。

「自分の弱さと甘えが、会社に多大な迷惑をかけることになりました。本来なら免職でも文句は言えないと思います。なんでもしますから、お手伝いさせてください」

「総会対策の人数は足りています。必要なのは想定問答をまとめる経験とアイデアですが、残念ながらあなたに手伝ってもらうことはありません」

「不動産についての想定問答ならお手伝いできます」

「言いにくい話ですが、守秘の問題もあります。他のメンバーの心情もあるから、あなたを加えるのは無理です」

「固定資産の取得理由、遊休不動産の有効活用。私なら準備すべき模範解答に的確なアドバイスができます」

「ご希望には添えません」

「お願いします」

三上が粘る。

残念だが他のメンバーが受け入れるとは思えない。皆、ギリギリの所で勝負しているから、不用意な軋轢《あつれき》は持ち込みたくない。

「三上さん。申し訳ありませんが、今回は遠慮してください」

「そこをなんとかなりませんか。と申しますのも、今の部署では出社しても針のむしろなんです。有給を取ることも考えましたが、どうせ休むならと思いまして」

三上の切実な思いに応《こた》えてやりたい気もするが、無理なものは無理だ。

「気持ちだけ頂いておきます」

「……そうですか」

三上が無念そうに歯噛みした。

「三上さん。どのみち今回の総会はもめることになった。あなただけのせいではない。だから、一休みして次の職場への気持ちを整えておいてください」

なぜか三上は上の空の様子だった。

「残念です。本当に残念です。あなたにとっても……」

一転、三上の表情が弓波の知るそれに戻った。

（3）

六月十八日　水曜日　午前十一時
東京都　千代田区　丸の内三丁目　スターバックス新東京ビル店

待ち合わせのスターバックスに着くまでの途中、弓波は大竹が自分を呼び出した理由をあれこれ考えていた。またなにか問題が起きたのか、と心配になる。

煩わしさは次々と降りかかってくるのに、心が晴れるハプニングなど皆無だ。

梅雨入りも近い東京の空は曇天だった。

ついうっかり、カウンターに５００円玉を邪険に置いてしまう。

「遅かったな」

大竹が、いつもの一番奥の席で待っていた。

朝からコーヒーを飲みすぎて胸焼け気味の弓波は、アイスティーを片手に、親友の前に腰かけた。

「今日はあまり時間がないんだ」

「そんな偉そうなこと言っていいのか」

一瞬、大竹がむっとした表情を浮かべる。

「お前の会社の総会対策用の情報がファンドに漏れているぞ」

弓波はカップを持つ手を止めた。

「どういうことだ」

「総会用に作成している想定問答集が流れている」

大竹から、今回の総会対策で最も重要な内部資料の名が出た。

ということは、ガセではない。

「なぜわかった」

「中国系ファンドを追っているうちの部署に内部告発があった。ＪＴＰは今回の総会で余剰金の処理と取締役選任議案がもめると予想し、ファンドからの修正動議、質問への想定問答を作成しているんだろ。ファンドはその裏をかくために、想定問答のデータをひそかに入手しているそうだ」

「手の内がばれているということか」

「そうだ」

「どこから」

「それを俺《おれ》に聞くな」

弓波は天を仰ぎ見た。

「ＪＴＰの情報管理もたいしたことはないな」

「悪かったな」

「どうするつもりだ」

「漏れたものは仕方がない。これからどうするかを至急、考える」

強がり半分で、弓波は自分に言い聞かせた。

しかし、誰に頼もうが、どうせ弓波に戻ってくる。ＪＴＰの社内では、他人に面倒を押しつけるブーメランが飛び交っていた。

「弓波。お前も大変だな」

「いつもすまんな」

「構わん。ただこれで貸しが二つだぞ」

「わかっているよ」

弓波は立ち上がった。当分、大竹には頭が上がらない。

午後三時
東京都　千代田区　富士見一丁目　株式会社ジャパンテックパワー

「総会対策の情報がファンドに漏れている」

秘書室の自席から、弓波は原田に電話した。

予想どおり、「今は忙しいからあとにしてくれ」と原田がごねた。原田に「あと」などあるわけがない。「いいかげんにしろ！　このままだと総務のチョンボで総会が荒れるぞ。お前独りで責任をとる腹があるなら勝手にしろ」と弓波は電話を叩《たた》き切った。

弓波の剣幕にただならぬものを感じたらしく、原田がすぐに姿を見せた。人の顔色と機嫌から異常を察知する危機管理能力だけは、某国の諜報員《ちょうほういん》並みかもしれない。

二人で小会議室に入る。

「もう一度聞かせろ」

「総務の情報管理はどうなっている」

「弓波。お前が言うな」

素直に非を認められないプライドは、名取が失脚しても変わらない。

「事実は事実だ。誰が言おうと同じだ。お前、事態の深刻さがわかってないな。総会を乗り切れるかどうかの全責任はお前にあるんだぞ」

「かかわっているのは総務だけじゃない」

「いつぞやの会議で、社長室の内山部長や経営管理部の斎藤部長に、総務は総会対策に専念すると宣言したのはお前だぞ」

原田が沈黙する。

弓波は原田を待ち受ける悲惨な将来を語ってやることにした。弓波にとっては淡々と語れる未来だが、原田にとっては知りたくもない災厄だ。

「ファンドからの質問を予想し、どれだけ完璧《かんぺき》な回答を準備しても、それが相手に漏れていればなにが起こる？　相手に裏をかかれ、思いもしなかった修正動議や質問をぶつけられたら、議長のプロンプターにどう流すつもりだ。総会が立ち往生して、継続会の開催を約束させられる羽目になってみろ。すべてお前の責任だぞ」

「俺だけじゃない。担当は深沢だし、お前だってかかわっているじゃないか」

「お前だよ。お前は総務部長だぞ」

原田が舌打ちを返す。

「どうしろって言うんだよ」

「会社を売った人間を探し出せ」

「どうやって」

「自分で考えろ。どうせ、候補は数人、すべて総務の人間だ」

「すべて総務だって？　情報を売ったのがお前だってこともありえる」

「お前、この部屋から歯を折られて出て行きたいのか」

「俺の管理責任を問うつもりか。そうはさせんぞ」

「なんでそんな話が先にくるんだよ。くだらないことに気を回すな」

まあいいさ、と原田が自嘲《じちょう》の笑みを浮かべる。

「弓波に蹴落《けお》とされなくとも、どうせ、俺は終わった人間だからな」

「原田。お前のその投げやりな態度、いったいどうした」

「なんだと」

「名取副社長がいなくなったからか」

「大きなお世話だ。お前になにがわかる」

「わかる気もないな。ただ、総務部長としての責任は果たせ」

「なんで俺が名取副社長のケツを拭《ふ》くんだよ。俺をこき使うだけ使って、自分はもらうものもらって、社長の椅子は無理だと知った途端、さっさと逃げ出しやがった。あの馬鹿が」

「転職でもするつもりか」

「こんな歳《とし》でどこも雇っちゃくれねーよ。俺のツキも地に堕《お》ちた。あとは総務部付の担当部長にでもなって、おもしろおかしく過ごすさ」

担当部長で残れると誰が決めた? 弓波の人生はいばらの道だが、原田の人生は行き止まりかもしれない。しかし、行き止まりにしたのは原田自身だ。

原田が、気だるそうに立ち上がった。

「弓波」

「なんだ」

「お前、いつからそんなに偉くなった」

原田、お前な。と弓波はため息を吐き出した。

「そんな物さしでしか物事を見られないのか。お前は万事、責任から逃げようとするから、結果が出たあとでしか動かない。後出しジャンケンばかりの管理職がどうして周りの信頼を得られるんだ。今、必要なのは先手を打つことだ。一度でいいから、自分の首をかけて組織を、社を動かしてみろ」

「お前は首をかけてるってか。なにを偉そうに……」

「斜に構えて、朝から晩まで自分の不運を嘆いているつもりか。見損なったぞ」

弓波は原田を置き去りにして会議室を出た。

危機を知ることと、危機を己のものと捉《とら》えることは別なのだ。

どれだけ歳を重ねようと、陽の当たる道を歩こうと、いつも誰かが椅子を引いてくれようと、ヘタレはヘタレなのだ。

（4）

六月十九日　木曜日　午後一時
東京都　千代田区　富士見一丁目　株式会社ジャパンテックパワー

昼寝の時間。サラリーマンの特権。

突然、机に置いていた弓波のスマホが鳴った。

見たこともない番号が表示されている。

「もしもし。弓波ですが」

(田中だ)

午後二時

東京都　千代田区　紀尾井町四丁目　ホテルニューオータニ

日本の高層ビル時代を拓《ひら》いたニューオータニは、迎賓館《げいひんかん》にほど近い紀尾井町《きおいちょう》四丁目にある客室1500の巨大ホテルで、ザ・メインの他にガーデンタワー、ガーデンコートという2つのタワーも擁している。ザ・メインの脇《わき》には、かつて江戸城外堀に囲まれた加藤清正《かとうきよまさ》公の下屋敷や井伊《いい》家の庭園だった、約4万平米の広大な日本庭園が広がり、四季折々の花々が咲き乱れ、都会の森を思わせる樹木が茂っている。

ザ・メインの2階、立派な生花が出迎えるエントランスから弓波はロビーに入る。ドアマンが迎える重厚なドアから、絨毯と間接照明で明るさを抑えたレセプションの前を抜け、エレベーターで11階のエグゼクティブフロアに上がる。

フロア専用のレセプションでフロントスタッフに部屋番号を確認してから、西向きの廊下を歩く。

田中が宿泊しているのは、エグゼクティブジュニアスイートだ。

インターホンを押して弓波はドアを開けた。モノトーンで統一されたモダンなデザインのスイートは、高級感漂う大型デスクとソファが置かれ、落ち着いてシックなインテリアで仕上げられている。セレブが宿泊するにふさわしい贅《ぜい》を尽くした最上の空間と、都心の眺望が楽しめる部屋だった。

　スーツ姿の田中がデスクに腰かけていた。

　一カ月ぶりの再会だった。

「大変だったな」

　田中がソファを勧める。

　二人は向かい合って腰かけた。

　ホテルにこもっているわりには、田中はいたって元気そうだった。

「色々、言いたいことがあるだろう」

「それは、すべてを放り投げた人の気遣いですか」

　弓波は棘《とげ》のある言葉を投げつけた。それぐらいは許されるだろう。

　田中が苦笑いで応える。

「放り投げたのではない。放り投げたように見せただけだ」

「なぜ、そんな芝居じみたことを？」

「内部の膿《うみ》を出すためだ」

　組織が混乱したとき、不祥事が起きたとき、よく使われる言い訳だ。

「そのために、社員が人生まで翻弄《ほんろう》されることになっても」

「社が存続するから、社員の生活も守れる。嵐に揉《あらしも》まれたとき、全員が生還できるかどうかを考えている余裕はない」

「そこまで、当社は追い込まれていたとおっしゃるのですか」

「JTPが生き残るにはこれしかない。再生可能エネルギー事業全般が難航していることは、過去五年間の当社の業績をみてもわかるはずだ。たとえば風力発電事業をみてみろ。発電設備や工事にかかる費用が高止まりし、環境アセスメントや地元調整に要する時間が長いので普及が遅れている。結果としてコストダウンは進まず、採算ラインは高止まりしたままだ。なのに、我々にとって不利な入札制度が始まる」

「赤字で仕事を取らざるを得なくなると」

「そうだ。そうなると、次にやってくるのは業界再編だ。吸収合併の流れの中で、業界二番手の当社は吸収される側なんだ」

「放っておいても社がなくなると?」

「君も薄々感じていたはずだ」

違うか、と田中が弓波を窺う。

心の内を見透かされたくない弓波は、視線を外した。

「一つの業界や産業が飽和状態になって業績が頭打ち、もしくは悪化し始めれば、複数の社は次第に集約化されていく。かつて日本の銀行もそうだった。金融業であろうと製造業であろうと同じだよ」

「我々の業界も淘汰《とうた》の時代に入ったのですか」

「市場の成熟化に向けて吸収合併を繰り返しながら、最後は唯一無二のメガカンパニーが誕生する」

「それが終着点なのですね」

「そうじゃない。やがて、国際競争や技術革新の結果、自らの産業が衰退すると、寡占化で身動きが取れないメガカンパニーは消滅する運命になる。いくつもの星が寄り集まって巨大な恒星が誕生しても、最後は超新星爆発を起こすのと同じだ」

「ならば、あなたの動きは当社の死を先送りしただけ」

「かもしれない。しかし、少なくとも現状では経産省、銀行、そして私も良かれと思ってやったことだ。なにより今度の社長は優秀だ。彼なら任せられる。それは間違いない」

「経産省と銀行の思惑どおりに踊らされただけでは？」

弓波の強烈な皮肉に田中が足を組み替える。

「別に彼らの思惑どおりではない。問題は当社の人材不足にある」

「後継を育てることもあなたの仕事だったはず。名取副社長ではだめだったのですか」

「入院中の彼に引導を渡したのは私だ。残念だが、その器ではなかった」

「六年も見ておきながら」

「社長の椅子を意識し始めてから、彼は変わってしまった」

「なら、もっと早く告げることができたのでは？」

「外部に、彼が社長にふさわしいか評価させるため、彼の人物、いや、本性が外に知れるのを待たねばならなかった」

「記者会見のことですか」

田中は顔色一つ変えない。

傲慢《ごうまん》なくせに、都合が悪くなると病院に逃げ込む。名取は田中たちの思惑どおりに動いたのだ。

冷酷な現実だった。

「あなたは後継が指名されて一安心かもしれませんが、まだ総会で承認されたわけではありません。取締役会が総会を乗り切れなければ当社は大混乱となり、吸収合併どころか、下手をすればファンドに食い荒らされ、挙句に切り売りされる」

「だから君なんだ。社を救ってくれ」

「尻尾《しっぽ》を巻いて逃げ出したあなたが、なにを偉そうに」

いくら信頼し、尊敬する田中でも、これだけは許せない。

弓波の憤懣《ふんまん》に、田中が表情をこわばらせた。

「なぜ自分なんだ、損な役をなぜ担わねばならないのか。そう思っているな」

「一カ月前からそう思ってますよ」

「困難に直面した群れでは、できる人間が責任を負わねばならない。嵐の中で船長が使い物にならないなら、一等航海士がやるしかない」

「一等航海士が拒否したら？」

「船は沈没し、すべての船員が海に投げ出される」

「救助がくるかもしれない」

「当社に限っていえば、無理だな」

「なぜ？」

「トップのスキャンダルでさらし者になり、混乱し、挙句にファンドに実権を握られるという失態を犯しかねない業界二番手の会社だぞ。誰がそんなヤサグレ企業の社員に救いの手をさし伸べるというのだ」

「その状況を作ったのはあなただ！」

弓波の正真正銘の怒りに、田中が真顔で応じる。

「この計画の最後のピースは君だ。だからこそ、私の最後の仕事は君に頭を下げること。名誉も地位も保証されない仕事を請けてくれとな」

「名誉、地位？　私にとってはなんの意味もない」

「わかっている。よくわかっているさ。ただ、片山みたいに名誉や地位という勲章を欲する者もいる。どちらも、人の畏怖《いふ》と敬意が決めるのに」

「無責任に混乱を起こして、社員を巻き込んで、最後は私になんとかしろと。丸投げされた者の気持ちになったことはありますか。私は聖人じゃない。いい加減にしてください」

「だから、君に……」

「頭を下げることしかできないのですか。あなたは社長ですよ。情に頼るなんて情けないと思わないのですか」

「もっともだ。でも、君なのだ」

「用意周到に計画したと言いながら、最後は私一人に背負い込めと。私の身にもなってください」

「私の至らない所は素直に認めるし、謝罪……」

くどいですよ、と弓波はソファから立ち上がった。

「もう腹は括《くく》ってますよ！　やります。会社を守ってみせます。でもこれだけは言っておきます。決してあなたに頼まれたからじゃない」

「……ありがとう。本当にありがとう」

見上げる田中の声がかすれていた。

午後五時
ＪＴＰ　12階　管理本部　秘書室

弓波の席に情報システムの係長が訪れた。

「ご依頼の件について調べてみました」

「どうだった？」

「社外から社内情報をクラッキングする不審なメールが届いた記録はありません」

「気づかないだけでは？」

「いいえ。当社のセキュリティ対策には自信があります。たとえば、添付ファイルに既知のパターンのマルウェアを含むもの、多数のアドレスに一斉配信されたもの、実行形式のファイルが添付されたもの、旧形式のワード、エクセル、パワーポイントファイルが添付されたものなどは、ウイルスやスパイソフトが仕込まれている可能性が高いため、入り口でブロックする対策を講じています」

「そこを破られたら？」

「仮に、入り口の防御壁をすり抜けられても、第二の防御壁を設けてあります。個々のＰＣに仕込んだソフトが、社外から侵入したマルウェアの動きを感知した場合、ＰＣの作動を停止させます。さらに、それさえすり抜けて機密情報を送信する目的で社外のサーバにアクセスしようとすれば、ネットワークの出口でブロックします。ですから、ご安心ください。先ほど再確認しましたが、ここ一カ月、ご心配の迷惑メールに該当するものはありませんでした」

「では誰かが、データを持ち出して渡したと」

「その可能性が高いと思います」

「総会対応関連のデータは、どうやって管理されている？」

「当該フォルダには、許可された社員が、許可されたパスワードでしかアクセスできません。アクセスを許可されているのは総務部の五名だけです」

「フォルダへのアクセス記録は？」

「こちらです」と係長が手持ちのタブレットに記録を呼び出す。

弓波はフォルダ作成以降の記録を確認していく。

すると、総務が詳細な総会対策を始めてから、原田が何度かフォルダにアクセスしている。自分で資料を作成する気もないくせに。単なる暇つぶしか。

まさか、原田が？　いや、それはないだろう。

あれこれ考えているうち、ふと、弓波は別の可能性が気になった。

「原田のアドレスの送受信記録を見せてくれ」

原田のやり取りを弓波は追っていく。一日の送受信数はそれなりに多いが、相手は社内がほとんどだ。

画面を送る弓波の指先が止まった。十六日の午後、三上からのメールが着信している。メールのタイトルは『ご相談』になっている。

三上が原田になにを相談するのか。

それに、十六日といえば三上が弓波の所へやってきた日だ。

「社内から届くメールは、防御壁にかかるのか」

「いえ」

「では、社内の人間がスパイソフトを同僚に送りつけたら？」

「感染します。それをラテラル・ムーブメントと言い、最悪の場合、サーバまで乗っ取られて大量のデータを盗まれてしまいます」

「悪意のある人間が、ＵＳＢなりで外部の人間から受け取ったスパイソフトを他の社員に送ったら感染してしまうんだな」

「残念ながら。送りつけた者にデータは盗まれます」

顎《あご》に手を当てた弓波はしばらく考え込んだ。

やがて。

「原田部長と三上課長のパソコンを調べてくれ」

午後九時
千葉県　船橋市　本中山三丁目

家に着いた。

一日という長い時間が過ぎても、物事は遅々として進まない。牛歩の日々に焦りがつのり、疲労だけが蓄積していく。

最近、つま先が上がっていないのか、ちょっとした段差でつまずく。

玄関を開けた。

今日も、灯《あか》りがついている。

待っていてくれる人のありがたみが、なぜか今日は骨身にしみた。

「おかえりなさい」と理恵子がダイニングキッチンのドアを開けた。

奥からうまそうな料理の匂《にお》いが漂ってくる。

「今作ってるのか」

「あなたの帰りに合わせてね。先に食事なんでしょ。着替えてきて。そのあいだに準備しておくから」

階段を上がった弓波は寝室で着替えを始める。いつものようにベッドの上で折りたたまれた普段着が弓波を迎えてくれた。

急いで着替えて1階のリビングに降りる。

「これでいいかしら」

夕食が並んだテーブルの向こうに腰かけた理恵子が笑顔で迎えてくれる。

「頂きます」と二人で手を合わせてから食事が始まった。

総会の騒動に巻き込まれてから、なにか良いことがあったとしたら、それは理恵子との会話が増えたことぐらいだ。

「今度、温泉にでも行かない？」

理恵子が突然言い出した。たしかにここ数年、二人で旅行していない。単身赴任中、掃除と洗濯がてらに博多《はかた》のマンションを理恵子が訪ねてくれたことぐらいだ。

「そうだな」

「近くでいいわよ。湯河原《ゆがわら》なんかどうかしら」

昼間はずっと気を張って仕事しているから、他愛のない会話がありがたかった。自分からあれこれ話を持ちかけるのが苦手な弓波にとって、理恵子の笑顔は癒《いや》しだった。ずっとそうだったはずなのに、当たり前のことになると気づかない。

三年前、理恵子の父親が亡くなった。出棺前のお別れで、突然、お棺にすがりついた理恵子が、「お父さん」と泣き崩れた。かける言葉もない弓波が、そっと理恵子の肩に手を置くと、理恵子は弓波の胸に飛び込んで泣きじゃくった。

あのとき、理恵子の中で自分がどれだけ大きな存在なのかを悟った。

これからも二人で生きて行こうとかたく誓った。

その気持ちは今も変わらない。

「決めたの？」

ご飯のおかわりをよそってくれた理恵子が弓波を案じる。

「うん」

「大丈夫よ。あなたなら」

「ああ」

「私にはわかるもの」

二人のあいだにそれ以上の言葉はいらない。

今回の騒動で多くを失うことになっても、決して失ってはいけないものがある。

そっとテーブルに箸《はし》を置いた弓波は真顔を作った。

「あのさ」

「なに」

「俺って顔も達磨《だるま》に似てるか」


弓波は総会会場にいた。

今まさに、CGMが提案した取締役選任の修正動議が採決されようとしていた。彼らが推す人物を代取社長に就任させる提案だった。「それでは修正動議に賛成の方は拍手をお願いいたします」と議長の声が静まりかえった会場に響く。一転、会場が万雷の拍手に包まれる。

「修正動議は可決されました」


弓波はベッドで飛び起きた。

心臓の鼓動が耳の中で響く。全身が汗でびっしょり濡《ぬ》れている。

そこはいつもの寝室だった。隣のベッドで理恵子が穏やかな寝息を立てている。

悪い夢を見ていた。

そっとベッドを抜け出て、1階の洗面所に下りた弓波はタオルで体を拭く。

化粧鏡の中で、冴《さ》えない中年男がこちらを見ていた。

弓波はその男が誰か知っている。よく知っている。

今、男は自分の決断を恐れている。

化粧台の縁《へり》に手をついて、鏡の男に顔を寄せる。

「俺はお前とは違う」

弓波はそう強がって見せた。

「だろうな」

男の声が聞こえた。

「あんたのそんな表情を見るのは二年ぶりだよ」

鏡の男が引かない強さで、弓波を見つめていた。

（5）

六月二十日　金曜日　午前九時
東京都　千代田区　富士見一丁目　株式会社ジャパンテックパワー

弓波は、経理部の大賀次長と総務部の深沢を秘書室に呼び出した。

小会議室の机を挟んだ向かい側に二人を座らせる。

普段どおりの深沢と違って、大賀は構えていた。こわばった表情と握りしめた拳《こぶし》に疑念と遺恨がにじむ。無理もない。

「頼みたいことがある。あくまでもお願いベースだから、嫌なら断ってもらって構わない。ただ、これから話すことは絶対、口外しないことだけ約束してくれ」

二人が頷いた。

「今度の株主総会が荒れることは、君たちも覚悟しているだろう。原因は言うまでもない。ファンドから厳しい要求を突きつけられるからだ。そうなれば、激しい攻防戦になる」

深沢は頷き、大賀は肩を怒らせたままだ。

「今、総務で想定問答集を作成しているが、どうやらその情報がファンドに漏れたようだ」

「まじですか」と刈り上げベリーショートの頭に両手を乗せた深沢が、目を見開く。「誰からですか」

「犯人はほぼ特定できているが、証拠がない。仮に特定できてもファンドが認めるわけがない」

「それと、私を呼ばれたことになんの関係が」

まだ大賀がふて腐れている。

「総務とは別に、我々だけでもう一つの想定問答を作成する。当然、このことは社内にも極秘だ。二人には適当な理由をつけて総会の日までこの部屋にこもってもらうことになる」

弓波は一度、言葉を切った。

「深沢。どうだ、協力する気はあるか」

「我々だけでできるでしょうか」

「やるしかない」

ＣＧＭに絞った想定問答が必要になる。総会で議長が答えに窮する状況を想定し、総務とは異なるアプローチで弓波なりの対策を練るつもりだった。

「君はどうだ」

弓波は大賀を向いた。

その前に、と大賀が上体を前に屈《かが》める。

「弓波さん。一つ聞いてもよろしいですか」

弓波は頷いた。

「この仕事がうまくいけば、なにか恩賞を頂けるのですか」

「ない。なにもない。当社が引き続いて存続することの一助になるだけだ。どうしてもと言うなら、私がビールを一杯おごるよ」

「失礼ですが、九州から戻られてからの弓波さんは自分の職責に線を引いて、そこから一歩も踏み出さない方だと思っていました。今回に限ってなぜ？」

「もう一度だけ戦うことにした。ただ、多くの社員を傷つけることになるかもしれないから、これが最後だ」

「なぜ私に」

「今回の騒動で手練手管に長《た》けた連中を山ほど見てきた。そんな奴らと戦う総会では、めった打ちにされても最後まで立っていなければならないから、支えてくれる仲間が欲しい。それは君たちしかいない。そう思ったからだ。ただ無理強いするつもりはない。私が君なら断る」

弓波の依頼を受けるかどうかは、大賀の度量の問題ではない。弓波の信用の問題だ。選ぶのは大賀の方だ。

左手を腰に当て、右手で頭をかきながら、大賀が小さく笑った。彼にすれば、断った方が厄介事に巻き込まれなくて済む。普通はそうする。原田ならもちろんだ。

眉根《まゆね》を寄せて真剣な表情の大賀が、つま先で床を何度か叩く。

やがて。

大賀が背筋を伸ばした。

大賀らしい表情と強い視線が蘇った。

「是非。お手伝いさせてください」

弓波は右手をさし出した。

その手を大賀が握り返す。

「よろしくお願いします」

「結果についての全責任は私が負う。だから、この不器用な達磨について来てくれ」

「達磨ですか。経論《きょうろん》の文字に捉われず、自己の本来の面目に徹することを武帝に説いた大師。今のご自分を達磨に例えるなんて、たしかに言い得て妙ですね」

　大賀と深沢が笑みを交わす。

「室長。とりあえず、我々はなにをすれば？」

「明日から君たちの勤務場所はここだ。上司への根回し、手続きのことはすべて私に任せておけ」

　当面の段取りについて、三人は打ち合わせを始めた。

　総務が作成した問答へのファンドの反論を予想して、二の矢の回答が必要になる。簡単ではない。

　飯田橋の駅まで歩くあいだに何人もすれ違うような中年男たちが、プロの投資家に挑む。でも、その辺のオヤジと異なることが一つだけある。

　三人とも腹を括っていることだ。

午後八時
東京都　千代田区　飯田橋四丁目
弓波は、『Ｄｅｂｂｙ』に寄った。

目まぐるしい時の流れを、しばし忘れたかった。

今日は、いつもと違ってマイルス・デイビスの『カインド・オブ・ブルー』をかけてもらう。

「重い責任を背負う日々でしょうが、たまには良いこともあるのでは」

マスターが弓波のグラスに氷とスコッチを入れる。

「少しだけ、人を信じる気になりました」

「あなたの旗に集まった人がいたわけだ」

「たった二人ですけど」

「素晴らしいじゃないですか」

「その代わり、もしかしたら、彼らの未来を奪うことになるかもしれない」

弓波は、今日のことを告白した。

「本人たちも納得の上なのでしょ」

「一応」

「なら、志が同じ人たちがいたことを喜ぶべきです」

「でも、彼らにも将来がある」

「大丈夫です。お二人は自分で決めたのです。それだけの芯を持った者は、一度落ちても必ず這い上がってきます」

「なんの恩賞も与えてやれない」

「褒美や勲章を欲する人は、そもそも弓波さんと組まない」

「私の他にも、そろばん勘定が苦手な連中がいるとはね」

「世の中はそろばんで弾けることがすべてじゃない。私が勤め人をやっていた頃、そろばんを弾いて、おべっか使っていた連中はみんなコケましたよ」

「私の同期にも、ツキがないとぼやいている者がいます」

「そんな人たちは、道端に転がる石のごとくツキを考えている。歩いていると、たまたまぶつかるのがツキじゃない。ツキは人が運んでくるのです」

「人が？」

「へこたれず、地道に努力を重ねている者を周りが見ていて、あいつがんばってるよな、ちょっと任せてみるか、そう思ってくれるのがツキです。すべては自分の行いです」

もう一つ、とマスターが続ける。

「弓波さんは、誰かに『夢は叶《かな》いますか』って聞かれたら、なんて答えます？」

「信じればきっと叶う。違いますか」

「私はこう答えます。今の夢が叶うかどうかはわからない。でもいくつも違う夢を見て、それを叶えようと努力を続けたら、いつかきっと叶う」

「どうして、と聞かれたら」

「夢を見て、一生懸命努力して、叶わなくても次の夢を諦《あきら》めない。その繰り返しのなかで、人は努力の大切さを知り、色々な知識を身につけていく。忘れてはならないのは、努力し続ける姿を見てくれている人が少しずつ増えることです。やがて、それらが一つになったとき、夢は叶う」

弓波はグラスの氷を見つめた。

「弓波さん。歳を取るごとに追いかける夢も変わるものです。でも変えちゃいけないのは努力を続けること。私はそう思います」

マスターがカウンターに両手を置いた。

「勲章なんて、いとも簡単にゴミ箱へ捨てられる。でも、自分では捨てられないものがある」

「それは？」

「人の評価。あの人はすごい、という評価が最大の勲章です。意外と、ずっと高い所から誰かが見ているものです」

「私は人の評価とは無縁の所で生きてきた。面倒にかかわりたくないから、見ざる、聞かざる、言わざるを通してきた。それなのに、なぜこんな厄介ごとに巻き込まれてしまったのかと思います」

それは違うな、とマスターが笑う。

「あなたの三猿は、媚《こ》びざる、引かざる、折れざるでしょ」

（6）

六月二十三日　月曜日　午後二時
東京都　千代田区　内幸町　帝国ホテル　1階　ランデブーラウンジ

日比谷公園の東向かいに建つ帝国《ていこく》ホテル。明治二十三年に落成したこのホテルは、隣接する鹿鳴館《ろくめいかん》とともに、日本の社交界の華だった。

ホテル正面玄関を入ると格調高く重厚感のあるメインロビーが待ち受けている。そしてその左手に広がるのが『ランデブーラウンジ』。光の壁と吹き抜けで明るく開放的なラウンジは、天井も高く席間もゆったりした造りになっている。いつもならソファにもたれて、待ち合わせや面会に利用する客で混み合う。

弓波は片山常務に呼び出された。

すでに退任が決まり、自身の野心については四面楚歌《しめんそか》、会社でも孤立した片山がなにを企んでいるのか。

入り口でラウンジを見渡すと、右奥の席で誰かが手を挙げている。

片山だった。

歩み寄ると、片山の横に一人の中年男が腰かけている。弓波と同じ年頃に見えるが、片山と違ってスリムな体型だった。エルメスを思わせる鮮やかな紺色のスーツにクールビズの男は、白髪の混じった短髪で金縁の眼鏡をかけている。

「悪いな、呼び出して」

片山が似合わない笑顔で弓波を迎える。

ソファに腰かけた弓波は、水だけで構わないとも言えないから、コーヒーを注文した。

「総会の準備で忙しいだろう」

なぜそれを知っている。

弓波は、「私は関係ありません」と突き放した。

当然、会話は弾まない。

すぐにブースが沈黙で満たされる。

「おっと弓波君。彼は初めてだよね」と唐突に片山が隣に座る男を紹介する。

「キャピタルゲインマネジメントの崔と申します」

男が名刺をさし出す。

弓波の中に呆《あき》れと怒りがこみ上げる。

どの面下げて、と思う。

「申し訳ありません。名刺を会社に置き忘れたもので」と名刺入れは内ポケットに納めたまま、五分後にはエントランス脇のゴミ箱に叩き込む崔の名刺を、弓波は受け取った。

「いえいえ、あなたにお会いできただけで光栄です」

「弓波。彼をよろしく頼むよ」

片山があいだに入る。

思えば、片山がそう簡単に諦めるわけがない。

片山。なにを考えている。

片山は自分の会社に弓を引くつもりなのか。

「我が社のことを色々言う連中もいますが、気になさらないでください」

崔が笑いかける。

気にするかどうかは弓波が決めるのだ。

見るからに詐欺師の笑顔がうざったい。人を騙《だま》すことが天職の連中は、にこやかな笑顔で素人から大金を巻き上げる。仮に逮捕されても、せいぜい数年の刑期を終えると、どこかに隠しておいた金で遊んで暮らすのだ。善人面の下にどんな本性が隠されているのか、額に汗をかいて生きる人たちが見破るのは難しい。

「我が社は日本のため、御社の発展のために協力したいと思っています」

「では、お言葉にふさわしい行動をお願いします」

喉元《のどもと》まで出かけた情報漏洩《ろうえい》の話を弓波は飲み込んだ。

崔が身を乗り出す。

「ただ、御社は経営の風通しが悪い。強力なリーダーのもと、取締役会が積極的に動けば、さらに業績が向上するはず」

「すみません。時間がないもので、手短に用件をお願いします」

「御社の改革に力を貸して頂けませんか。いや、当然、ふさわしい報酬と地位はお約束します」

報酬と地位。何度も聞いた。

やはりその二つで世の中を回そうとする人種がいるのだ。

「崔さん。たった今、あなたは日本のために当社に協力するとおっしゃった。そんな大所高所から物ごとを見る方が、かたや報酬と地位で人を誘おうとされるのはなぜですか」

崔が言葉に詰まる。その目に敵意が宿る。

「日本のため、当社のためとおっしゃるならお願いがあります。短期の業績だけで当社の経営状況やＲＯＥを判断するのは控えて頂きたい。当社はまだ成長過程の会社ですから、あなたみたいな投資家を相手にしている暇はない。お願いします。当社から手を引いてください」

テーブルにコーヒー代を置いた弓波は立ち上がった。

「配当性向、総還元性向、ＲＯＥ、自己資本比率。あなた方は数字の話ばかりされますが、会社を動かすのは社員の心です」

踵《きびす》を返してラウンジを出る。

くそったれ、お前ら見てろよ。

弓波は足を速めた。

（7）

六月二十六日　木曜日　午前十時
東京都　千代田区　富士見一丁目　株式会社ジャパンテックパワー

弓波は、書類を抱えて12階Nゾーンの役員会議室に入った。

一週間後に迫った株主総会のリハーサルを兼ねた臨時の取締役会が、これから開催される。出席するのは今回昇格する二人を含めた十人の取締役、取締役候補と、黒田新社長だ。まず、木下事業統括本部長、増田経営企画本部長、加藤ファイナンシャル本部長、竹山ビジネスソリューション本部長、新井ら五名の社外取締役と桑代管理本部長。木下以下の十人の取締役と取締役候補が円卓に腰かけたことを確認した桑代が、入り口の横に控えた秘書に合図を送る。

応じた秘書が会議室のドアを開ける。

名取でも片山でもない、新しい社長が姿を見せた。

黒田宏明。元経済産業省の資源エネルギー庁長官だ。重量級の柔道選手を思わせる体軀《たいく》。豊かなロマンスグレーの髪をサイドは後ろに流し、トップは横に流したマイルドオールバックで決め、軽量セルフレームの眼鏡をかけている。オーダーものだろう、仕立ての良いダークグレーのスーツを着た黒田は、旧華族の出身ではないかと思わせる品の良さを感じさせる。

黒田に続いてもう一人、男が姿を現した。

弓波は心の中で舌打ちした。

霞が関まで弓波を呼び出した、経産省資源エネルギー庁省エネルギー・新エネルギー部の政策推進課の江口課長だった。今日も派手なストライプシャツとツーブロックの髪で決めている。

秘書の案内で黒田が円卓の上座に立つ。まるで国会議員の政策秘書よろしく、江口がその横に並んだ。

「黒田と申します。お世話になります」

丁寧に頭を下げた黒田に、桑代が「どうぞ、お座りになってください」と気遣う。

秘書が引いた社長の席に黒田が腰かける。その様子を満足げに見届けた江口が並んで腰かけた。

「いよいよだな」「うまくいったね」「ご苦労だった」

取締役たちは笑い合い、互いの労をねぎらう。和やかな雰囲気に室内は包まれているが、彼らはファンドに総務の情報が漏れていることを知らない。軽率にその可能性を伝えれば、蜂《はち》の巣を突《つつ》いた大騒ぎになるだろう。

「では、始めよう。原田、資料の説明を頼む」

木下が開会を伝える。

覇気のない声で原田が応える。

予想どおり、情報漏洩の件にかんしては一言も触れない。とことん、火中の栗《くり》を拾う気はないらしい。

「お配りした資料に沿って、総会の段取りと想定問答についてご説明します」

深沢に代わる新しい担当者が、次第と資料の説明を始める。

今回の総会は、黒田がまだ社長として承認を受けていないため、木下が議長を務める。質問の内容によっては回答を振られる取締役には、個人用の資料も配布されている。

「昨日までに戻ってきた議決権行使書の結果は、第一号議案の剰余金の処分については賛成多数でしたが、第二号議案の取締役選任の件については賛否が拮抗《きっこう》しています」

「今後戻ってくる賛否と総会次第か」

「はい」

担当者が想定問答の資料について説明を始める。

取締役たちが、斜め読みでページをくっていく。

「ここにない質問がきた場合は」

桑代が確認する。

担当者が答える。

「今回、控え室に回答作成者を二十人揃《そろ》えます。それぞれの専門家です。想定集にない突っ込んだ質問が出た場合は、ただちにいずれかの者が回答を作成して、演台のプロンプターに送ります」

「大丈夫だろうな」

「すべてを予測するのは不可能ですが、最善を尽くします」

「そんなことでは困る。取締役選任議案はなんとしても通してもらわねば」と江口が釘《くぎ》を刺す。「万が一、第二号議案が否決でもされれば、今までの苦労が水の泡だ」

「江口さん。担当が言ったとおり、当然、最善を尽くしますよ」

桑代がとりなす。

「最善では困ります。確約して頂きたい」

江口課長の無理強いに取締役たちが顔を見合わせる。

民業を知りもしないで。彼らはそう思っている。

なら、そう言えばいいはず。

「江口さんになにかお考えは」

弓波は口を開いた。

「私に？」

「総会でファンドにどう対処すべきか、その基本方針を経産省はどうお考えですか。なにがあっても、どんな要求でもねじ伏せろと」

「理論整然と排除するだけ」

「理路整然と説明できるものと、できないものがある。なぜなら、我々にも非があるからです」

「それは御社の問題」

「そうおっしゃらずに、江口さんのご意見をお願いします。我々は運命共同体なんでしょ」

「だからこの場にいます」

江口が小馬鹿にした目を窓に向ける。

「一人浮いたまま、高飛車に指示するだけでなく、我々と同じように悩み、案をください」

「なにについて」

一転、怒りを露《あら》わにする。

彼の感情は二種類しかないらしい。

「だから、こちらに弱みがある以上、質問によっては窮地に陥る状況にです。総会は大学の講義とは違うのです」

「そんな弱気では困ります」

「では、役所からファンドに、慎めとプレッシャーをかけて頂けますか」

「民業に口は出せません」

「ならば、当社へも同じはず。先ほどの要求と矛盾していますよ」

「我々がファンドをどうするか、そんなことは御社に関係ない。今は総会の話をしている。御社の総会だ。必ず取締役選任議案を通すと確約して頂きたい」

江口の強権主義に、取締役たちがだんまりを決め込んでいる。総会でも、同じことをするつもりか。

「江口さん。あなたの口の利き方を、夜の渋谷辺りで試してみるといい。たちまち顔の半分が腫《は》れ上がる」

「弓波室長。私は忙しい。駄弁に時間を取らせるな。答えは？　イエスかノーか」

「私はあなたと違って日本の動かし方は知らない。でも、人に物を頼むときにどんな態度を取るべきかは知っている。もう一つ。民間会社には、名取副社長や片山常務のような人物がいるから厄介です。でも、一つだけ良いことがあるなら、あなたのような人がいないことだ。あなたには、『この人なら』と感心することがなにもない」

弓波は引かない。こっちだって腹を括ってるんだ。

「木下取締役。この男を部屋から追い出して頂こう」

江口の怒りが木下に向き、口ごもる木下が黒田に遠慮する。

「ここは経産省ではなく私の会社だ。あなたこそ、お引き取りください」

弓波はさらりと言ってのけた。

「なんだと！　他の取締役の方々はどうなんだ。この男の……」

「いい加減にしたまえ」

低く、抑制の利いた声が室内に響いた。

「江口君。場所をわきまえろ」

声の主は黒田だった。

「わきまえていますが、あまりに失礼です」

「では、先ほどからの君の物言いについてはどうだ」

「行政にかかわる問題で、指示する側と、される側があるのは仕方ないかと」

「それが君の職務への認識ということか」

机に置いた指先に黒田が憂《うれ》いの視線を落とす。

「かつて……そう、私が君と同じ役職の時だった。どうしようもない政党が政権をとって、どうしようもないバッジが大臣として送り込まれてきた。彼は上から目線で的外れな指示を乱発した。それでも、すべてを飲み込んで私と同僚は懸命に彼を支えた。なぜだかわかるか」

「国を支えるためです」

「そのとおり。大臣が不適格者なら、なおさら彼を支えなければならない。では教えてくれ。国に仕える者に求められるものはなんだ」

「能力、意志、そして指導力です」

「やはりな……」

黒田が深いため息をついた。

「責任ある立場の者には権限が与えられる。だからこそ、忘れてはならないものがあるはずだ。違うか」

「おっしゃる意味がわかりません」

「何事にも謙虚《けんきょ》であれ。それこそが官僚が肝に銘じなければならない教えだ。君は今日までなにを学んできた！」

「しかし」

江口が口を尖らせる。

「君をここへ呼ぶのは、まだ早かったようだ。下がりたまえ」

「お言葉ですが私は……」

「聞こえんのか。下がれ！」

黒田の威厳《いげん》が江口の高慢《こうまん》を退ける。

屈辱に顔を紅潮《こうちょう》させた江口が役員会議室を出て行く。

弓波は役人にも異なるタイプがいることを知った。もしかしたら、黒田への憎しみに近い感情は偏見からきていたのかもしれない。

黒田が弓波たちに向かって許しを乞《こ》う。

「皆さん。彼に代わって私がお詫《わ》びします。申し訳ありません」

「いえ。私こそ失礼なことを申し上げました。お許しください」

立ち上がった弓波は深い立礼を返す。

それでは、と総務の担当者が資料の説明を再開する。

議論が本題に戻った。

「総務は議論と検討を尽くしたんだろうな」

桑代が原田に問う。

どうなんだ、と原田が担当者に振る。

「原田。私は君に聞いているんだぞ」

「申し訳ありません」

責任者たる原田の言葉一つひとつに力がない。

「弓波。君はどう思う」

「これで精一杯かと思います」

残念だが、この場の情報が再びファンドに流れないという保証はない。

まだ弓波が前に出るときではない。

(8)

六月三十日　月曜日　午前九時
東京都　千代田区　富士見一丁目　株式会社ジャパンテックパワー

総会まで三日になった。

弓波たち三人は、12階にある秘書室の小会議室にこもって想定問答の作成にかかり切りだった。

机の上には無造作にPCが置かれ、資料が散乱し、紙コップが転がっている。ゴミ箱は丸めた書類の残骸《ざんがい》と、空になったコンビニの弁当箱で溢《あふ》れていた。

正直、疲れている。

それでも、三人のモチベーションは高かった。

ノックとともに、望月が顔を出した。

「弓波さん。情シスの方がお越しです。お通ししますか」

「お願いします」

情報システムの係長が現れた。

会議室の雑然とした様子に驚き、大賀と深沢がいることに躊躇《ちゅうちょ》した係長が、ちらりと弓波に視線を送る。

「ここで構わない」

弓波は答えた。

「失礼します」と係長が長机の前のパイプ椅子に腰かける。

それから一息の間を置いた。

「お二人のPCを調べました」

「どうだった」

「残念な結果でした」

「やはりデータが盗まれていた」

「はい。原田さんのPCにスパイソフトが送り込まれ、総会関連の複数のデータが盗まれていました」

「誰が送り込んだ」

「ファイナンシャル本部不動産課の三上課長と思われます。最初のデータ漏洩が、六月十六日月曜日の午後八時十二分。その後、毎日、夕方に抜き取られています」

「漏れたデータとは」

「原田部長のPC内にあった総会関連のデータです」

係長が抜き取られたデータの一覧表を弓波に手渡す。

「想定問答集は」

「含まれています」

「三上課長が犯人なのは間違いないのか」

「少なくとも三上課長のPCからスパイソフトが送り込まれ、三上課長のPCに総会データが送信されています。さらに三上課長のPCから、盗んだデータがUSBと思われる外付けのメモリで取り出されている。おそらく、外部に持ち出したのでしょう」

「どうやってスパイソフトを送り込んだのです？」

大賀が眉をひそめる。

「三上課長は十六日に一本のメールを原田部長に送りました。原田部長がそれを開いたからです」

十六日といえば、三上が謝罪と協力を弓波に申し出た日だ。三上は総会対策への協力を懇願する裏で、原田のPCからデータを抜き取る策を弄《ろう》していた。

彼は端《はな》から弓波を、社を、裏切る腹だったのだ。

午前九時二十分
JTP　14階　ファイナンシャル本部　不動産課

ファイナンシャル本部の執務エリアは、フリーアドレスの机と椅子が並び、窓側にミーティングエリアが配置されている。

LEDに照らされたフリーアドレスエリアの一番端に、ポツンと三上が腰かけていた。気の抜けた顔でPCの画面を見つめている。

弓波は足早に三上に歩み寄る。

一歩近づくごとに、弓波の中に怒りが湧《わ》き上がってきた。三上の顔面に拳を叩き込み、髪の毛を掴んで引き倒す様を想像する。

「説明しろ」

弓波は三上のPCを乱暴に閉じた。

「なんですか、いきなり」

三上が目を丸くする。

「総会の想定問答集をCGMに渡したな」

「……おっしゃっていることがわかりません」

「否定するのか」

「……否定もクソも、意味がわかりません」

「お前のPCを調べた。原田のPCに社内メールでスパイソフトを送り込み、総務が作成した総会対策のデータを盗んだことは調べがついている」

「濡《ぬ》れ衣《ぎぬ》です。誰かが私を陥れようとしている」

「それだけじゃない。泣きで私も利用しようとしたな。協力を申し出たのは総会の情報を盗むためだ。人をなめるのもいい加減にしろよ」

「ですから……」

「いいか、今回の件は名取派の粗探しとはわけが違う。法違反であり、重大な背任行為だ。覚悟はできているだろうな」

「私は無実です」

三上の視線が泳ぐ。

彼にとっての無実とは、上に揉み消してもらうことだ。罪を犯したかどうかではなく、罪を問われるかどうかなのだ。背後に片山と崔がいるから三上は走る。彼に良心や常識を問うても意味はない。

弓波に向けた微笑《ほほえ》みや従順も、すべては弓波につけ込むためのいかさまだったのだ。

そして、またなにかを企んでいる。

やがて、三上の目に媚びへつらいの影が浮かび上がる。

「だって……だってファンドから、協力しなければ今度の総会で実名をあげて責任を追及する、と脅されたのです」

「誰にデータを渡した」

「CGMの崔社長です」

「お前は善悪の判断すらつかないのか」

「片山常務と道連れに首にはなりたくない。私にも家族がいます」

「すべては周りが悪いということか」

「私にも責任があることは重々承知しています。でも、片山常務の下にずっといると、こうやって生きていくしかなくなるのです」

最初はファンドのせい。今度は片山のせいか。

「お前はやり直す機会すらドブに捨てた」

何事か、と職場の社員が遠巻きにこちらを見つめていた。

「室長。あなた、そんなに強気に出ていいのですか？」

三上が豹変《ひょうへん》した。

「なんだと」

「あなただって、片山から怪しげな指示を受けた。あの日のことですよ。忘れたとは言わせません。私が告発すれば、なにが起きるかわからない」

「だから」

「あなたの出方次第です」

この男は正真正銘のクズだ。

「これ以上話しても無駄だな。やがて、懲罰委員会が処分を決める。どのような結果になろうと、真摯《しんし》に受け止めることだ」

弓波は三上に背を向けた。

午後二時
東京都　港区　赤坂九丁目　東京ミッドタウン

弓波は、ＪＴＰの大株主の一つであるキャピタルゲインマネジメントを訪れた。生意気にも、ＣＧＭは若い人たちが憧《あこが》れる東京ミッドタウンの22階にオフィスを構えている。

アクティビスト・ヘッジファンド、別名、『物言う株主』といえば聞こえはよいが、一皮むいたＣＧＭは単なるハゲタカ、三流の買収ファンドだ。

どんな手を使ってでも、他人を不幸にしようと、金儲《かねもう》けにしか興味がない。

ある意味、潔い。

いや違う。単に卑しいだけだ。

近年、ＣＧＭは投資先の企業とのかかわり方を変化させている。従来のように、株式を大量保有することで議決権を振りかざすのではなく、一定の議決権割合を確保することで少数株主権を行使し、確実な利益の確保を目ざしているようだ。ここ数年、投資先の企業に、「現金などの内部留保を、配当の増額や自己株買いに回せ」と総会で要求している。

従来、ＣＧＭは「企業価値向上を実現させるため」と称した企業買収で悪名を馳せていたが、最近は、ターゲット企業に敵対的買収をチラつかせながら、その経営に「物申す」方針に軌道修正したようだ。

いずれにしても、胸糞《むなくそ》の悪い連中だ。

　応接室で、弓波は社長の崔と向かい合った。

　なにもかもが癪《しゃく》に障るなかで、一つぐらいマシなことはないかと探してみた。敢《あ》えて言うなら、部屋の中央に置かれたソファが布張りだったことぐらいだ。

「わざわざお越し頂けるとは思いませんでした」

　崔がにこやかに迎える。

　彼は、自分がいつ首を絞められてもおかしくないことに気づいていない。

「崔さん。御社の業績は好調なようですね」

「おかげさまで」

「自分たちでなにも生み出すことはなく、人から集めた金で株を買い集め、物言う株主と称して企業を食い物にする」

　崔の顔が曇る。

「厳しいですね」

「売上高総利益率、売上高営業利益率、経常利益増加率などの数字を突きつけて、企業に短期視点の経営を強いる」

「浅い。さすがは金融の素人だけのことはある」

　金融のプロかもしれないが、クズの崔が反論する。

「ＰＢＲが低く、株価が安値のまま放置されているＪＴＰは、御社にとってさぞや美味《おい》しい獲物でしょうな。先日の事前質問状は、総会でのパフォーマンスの予告らしい」

「資産の圧縮、有利子負債の活用、ひいては事業展開を見直して、資本コストに見合った利益率を求めるのは、どのファンドも同じ。あなた方が甘いだけだ」

「崔さん。あなたは当社が経産省から社長を迎え入れる情報を摑んでいた。そうなれば、安定的で持続的な経営が求められるため、あなたが求める経営方針は採らない。そうなると、見かけ上、ROEや配当性向を改善させておいて、株価が上昇したと見るや売り抜ける目論見《もくろみ》が崩れ去る」

弓波は崔に向かって身を乗り出した。

「だから、盗んだ総会のデータで我々の手の内を読み、総会の場で我々の回答をことごとく論破することで、剰余金処分と取締役選任の議案を否決し、高配当を約束させ、自分たちの推す人物を社長に送り込もうとしている」

「おっしゃる意味がわかりませんな」

「データを盗んだ件は、三上が認めた」

「そもそも三上とは何者ですか。言いがかりもほどほどにして頂きたい。我々は無実です。御社の総会がらみのデータを受け取った覚えなどない」

「三上があなたに渡したと言っているのに」

「弓波さん。私が不正を働いたとおっしゃるなら証明してください。証明するのはあなたの仕事だ。いつぞやの記者会見で、名取副社長も同じことを言ったはずだ」

崔がスマホで誰かに電話する。

すぐにプロレスラーを思わせる二人の警備員が現れた。

「弓波さんがお帰りだ。エレベーターまでお送りしろ」

警備員が弓波の左右に立つ。

弓波は立ち上がった。

「あなたは金がすべて。どれだけ洒落《しゃれ》たオフィスだろうと、マイバッハの社長車に乗ろうと、豚は豚だ」

つまみ出せ、という崔の命令に、警備員が弓波の両腕を摑んで応接室から連れ出そうとする。

入り口で警備員の手を振り払った弓波は振り返った。

「崔さん。私の顔をよく覚えておくことだ」

午後二時四十分
JTP　14階　ファイナンシャル本部　不動産課

三上のスマホが鳴った。

着信番号は崔だった。

「もしもし」

三上は電話に出た。

（たった今、弓波がやって来た。お前の動きを知っていると脅してきたぞ）

「だから」

（どうするつもりだ）

「こっちには、片山と弓波の会話を録音したデータがある」

（使えるのか）

「弓波に都合が悪いよう加工してある」

（お前もワルだな）

「よく言うよ。そもそも、片山常務があんたに逆らったときに脅す材料として、私と彼の会話をすべて録音して渡せ、と頼んだのはそっちだぞ」

電話の向こうで崔が笑ったように思えた。

（総会で私の邪魔をしないよう弓波を黙らせろ。方法は任せる）

「約束は守るんだろうな」

（心配するな。片山が社長になろうがなるまいが、お前を役員にしてやる。私は片山とは違う。信用しろ）

そこで電話が切れた。

しばらくスマホを見つめる。

三上の将来のために弓波は邪魔者でしかない。

所詮《しょせん》は秘書室長だ。

三上は立ち上がった。

午後三時二十分
ＪＴＰ　本社ビル　屋上

弓波は三上に呼び出された。

なぜ屋上なのだ。それだけでもなにかある。

エレベーターを降りて非常階段を上がり、目の前のドアを開ける。

屋上に出る。午後の陽射《ひざ》しが迎える。

転落防止用の手摺《てす》りの前で三上が待っていた。

弓波は辺りの様子を確認した。三上の他には誰もいない。後ろを見る。今出てきた塔屋の上に防犯カメラが設置されていた。

「わざわざすみません」

三上の出迎えに、弓波は無言で応えた。

「お願いがあります」

「課長にお願いされるようなことはない」

弓波の即答に三上の顔色が変わる。

「株主総会で崔の提案の邪魔をしないで頂きたい」

一転、ぞんざいな喋《しゃべ》り方で圧をかけてきた。

「断る」

「呑《の》めないなら片山とあんたの会話の録音データをコンプラ委員会に告発する」

「好きにしろ」

もはや三上に敬意など必要ない。

「なんだと」

「三上。最近、鏡で自分の顔を見たことがあるか。その間抜け面を」

「ふざけるな！」

「片山に取り入り、裏切られたら今度は崔か。いずれ奴にも捨てられる。その次は誰に売り込むつもりだ。録音データを『週刊東京』にでも売るか。その度に、お前は人として堕《お》ちていく」

「てめえになにがわかる」

「わかるさ。お前がクズだということだけはな」

「てめえに俺のことが言えるのか。田中に泣きついて九州から戻してもらったくせにでかい口をきくな」

三上が弓波に牙《きば》を剝《む》く。

「どうだ、弓波。所詮、お前も田中の腰巾着《こしぎんちゃく》だ。悔しかったら殴ってみろ。この腰抜けが」

三上が弓波の鼻先に顔を寄せる。

彼の敵意が目の前にある。

薄っぺらだ。三上のすべてが薄っぺらい。

弓波は少し顎を上げた。

「……たいしたものだ」

弓波は感心してみせた。

「ここで、私に殴らせ、それを記録した防犯カメラの映像を盾に、社内暴力だ、パワハラだと騒ぎ立てて仲裁、取引に持ち込むつもりか」

弓波は三上の肩についた髪の毛をつまみ取ってやった。

「お前は糸が切れた凧《たこ》だ。高く舞い上がっても、所詮は風に翻弄されているだけ。ところが、その風さえも止《や》んでしまった」

「なんだと」

「いずれはっきりする。片山に捨てられ、崔に利用され、私に拒まれた。自分の将来になにが待っているか、よく考えることだ」

「偉そうに」

「私を利用しないとどうしようもない所まで追い込まれたようだが、頭を冷やせ。崔がお前の面倒を見ると本気で思っているのか。崔が株を買い占めて経営権を握ろうとしているのは我が社だけじゃない。どの社でもお前と同じ協力者を取り込んでいるはずだ。そんな連中の望みを一々聞くと思っているのか。甘いよ」

「俺のことより自分の心配をしたらどうだ」

「言ったろう。私の不正を告発したいなら好きにしろ。どうせ、私がこの社にとどまるのは今週の木曜日、つまり総会の日までだ。ところがお前はどうだ。お前はこの社でしか生きて行けない。そんなお前になにが起こると思う。懲罰委員会が開かれ、情シスが集めたお前の不正行為の証拠を審査する。不正が立証され次第、お前は警察に告発され、損害賠償請求の訴訟を起こされる。その流れを崔が止められると思うのか。役員はもちろんのこと、取締役全員を配下に置くなど崔には無理だ。奴は知らぬ存ぜぬを決め込み、お前は見捨てられる」

三上の目が泳ぐ。

「お前は懲戒免職になる。一つだけ言っておく。一部上場企業を懲戒免職になった者など誰も雇わない」

三上の顔色が変わった。

「どうしろと」

「崔を信じるか、私を信じるかだ。自分で決めろ」

⑨

七月三日　木曜日　午前七時
東京都　千代田区　飯田橋一丁目　ホテルインターパレス東京

枕元《まくらもと》の目覚ましが鳴った。

弓波は、手探りで目覚まし時計を引き寄せる。朝の七時だ。

万全を期して、弓波は総会会場のホテルインターパレス東京に前泊していた。今日の午前十時から、最も大きな2階のダイヤモンドルームで株主総会が開かれる。

ホテルインターパレス東京は、JTP本社近くの飯田橋一丁目にあるが、最寄《もよ》りは地下鉄九段下駅になる。皇居にもほど近く、周囲には北の丸公園や日本武道館、靖国神社などがある。地上20階、地下6階、客室は400室で収容人数は780名。9つのレストランやバーのほか大小20の宴会場を備えている。

弓波はベッドを抜け出した。顔を洗い、髭《ひげ》を剃《そ》る。

旅行鞄《かばん》から新しいシャツを取り出し、ネクタイを締め、スーツを着る。

窓から朝日がさし込んでいる。

今日のためにあらゆる準備を整えてきたつもりだ。

そのとき、スマホにメールが着信した。

（おはようございます。いよいよですね。なにが起きても自分を貫いてください）

スマホを握りしめる。あえて返信はしないけれど、理恵子の言葉を弓波は胸にしまい込んだ。義父の葬儀のとき、弓波は理恵子にとっての自分の存在を知った。今は逆だ。弓波にとっての理恵子の存在を知る。

1階に下り、フロントで精算を済ませると、ロビーのエスカレーターで2階のダイヤモンドルームに向かう。

食欲などないから朝食は抜く。

二日前に会場の設営は終え、昨日、全取締役が出席して入念なリハーサルも行った。会場の出入り口脇には受付が設置され、その横には会場内のレイアウトを示した案内板が置かれている。

受付の準備に忙しい総務の社員たちが、弓波に挨拶《あいさつ》を向ける。

弓波は会場に入った。

高い天井、広さが850平米あるダイヤモンドルームが弓波を迎える。

手前は五百名を受け入れるパイプ椅子が整然と並べられた株主席、その向こう、会場の奥で一段高くなった壇上には、議長席の演壇とその右に答弁席が見える。設けた。過去の総会では、社長が議長を務めると同時に、質問への回答も行っていたが、今年は、広範囲で、かつ多数の質問が出ると予想されるため、議長が担当役員に回答させる場合を想定して答弁席を設けた。

議長席の後ろに、取締役と監査役の席、事務局席、新任取締役の候補者席、顧問弁護士の席が横一列に並んでいる。

「室長。おはようございます」

案内係の社員たちが入り口脇に集まって、株主を誘導する手順について確認している。

「よろしくお願いします」

彼らに声をかけた弓波は、四列にわかれた株主席のあいだを抜けて、壇上に上がる。事務局席の机には附属明細書、決算短信、四半期決算短信、六法、社内規定などの書類と資料がすでに用意されていた。マイクの設置場所、議長席と答弁席のプロンプターの角度を確認した弓波は、脇の階段から壇を下りて、隣の小宴会場に移動する。

そこには、総会の様子を映し出すモニターと向かい合って、会場入りしない執行役員たちの控え席、最前列のテーブルには株主質問への回答をプロンプターに送る二十台のＰＣが置かれている。業務の内容ごとに、一台のＰＣに一名の回答作成者が座る。弓波たちが作成した模範解答は、すでにＰＣにダウンロードされている。

中央に置かれているのが、深沢のＰＣだった。すでにヘッドホンを耳につけ、ヘッドセットのマイクを口元に寄せた深沢がPCの調整を行っている。

「おはようございます」と振り返った大賀が弓波を迎える。

弓波は頷き返した。

いよいよだ。弓波は自身に気合を入れ直した。

あと二時間ほどで、弓波たちの戦いが始まる。

午前九時三十分

二〇二×年度株主総会の受付が始まった。

会場にはBGMが流される。

出席する株主ごとに議決権行使書を受け取り、株主一覧表で出席資格を確認してから、出席票と議場投票用紙を手渡す。CGMのように法人の議決権行使書を持参した者は、代表者なのか社員なのか、名刺または身分証明書の提示を求めたうえで入場を認める。

同時に、株主から受け取った議決権行使書で、議決権数の確認と集計が始まった。当日の議決権数（出席者数）と議案への賛否の総数は、前日までに返送されてきた行使書のそれらに加えられて、本年の株主総会で行使された議決権数、議案に対する賛否の総数とされる。

議決権行使書を持参しない株主、別人の行使書を持参する者、苦情を申し出る者などもなく、粛々と受付業務が進んでいく。

大株主の東郷も会場に姿を現した。

やがて。

「来たな」

会場のモニターを見ていた弓波は呟《つぶや》いた。

「誰がですか」と大賀が問う。

「CGMの崔社長だ」

総務の社員に案内された崔が会場中程の席につく。

そのタイミングに合わせて、一人の若い男が崔の横に腰かける。弓波が段取りしていたサクラの社員だ。

今日の崔はスーツにネクタイで決めている。ふんぞり返って椅子に腰かけ、足と腕を組む。顎を上げて上目づかいに周囲へガンを飛ばし始めた。

「なんですか、あの偉そうな態度は」

大賀が口を尖らせた。

ちょっと外すぞ、と大賀たちに告げた弓波は、会場脇から崔の様子を窺った。不遜《ふそん》な態度とろくでもない人相の男が、総会の鍵《かぎ》を握っているかと思うと無性に腹が立った。

そのまま小宴会場を出た弓波は、受付に向かった。すると、すでに多くの株主が列を作っている。今年の総会の注目度を肌で感じるが、それは弓波の背負った責任と表裏一体だ。

「安定株主の出席状況はどうだ」

弓波は、ＪＴＰ株を１％以上保有する安定株主がどれぐらい来てくれているのか気になっていた。

「すでに、十人ほどお見えになっています」と受付の担当者がチェック表を手渡す。

まだ十人か。受付の邪魔にならない位置に移動した弓波は、チェック表を確認していく。

そのときだった。

「あの……。申し訳ございません。会社関係の方でしょうか」

後ろからの声に弓波が振り返ると、和装のご婦人が立っていた。京友禅《きょうゆうぜん》とおぼしき薄浅《うすあさ》葱《ぎ》色の訪問着に、古典柄の袋帯を締めたご婦人は、おそらく傘寿《さんじゅ》をすぎているだろうけれど、華道の家元を思わせる気品を感じさせた。

「はい。そうでございます」

「私、初めて株主総会に出席させて頂きますゆえ、段取りをよく飲み込めておりませんので、お力添え頂けますでしょうか」

「承知いたしました。株主総会招集通知とともにお送りしました議決権行使書を確認させて頂ければ幸いです」

「こちらでよろしいですか」

ご婦人が行使書をさし出す。

「お名前を頂戴《ちょうだい》できますでしょうか」

「円城寺《えんじようじ》でございます」

円城寺。弓波は、その名前を知っている。

「大変失礼ですが、円城寺正隆《まさたか》様のご親族の方ですか」

「家内でございます」

弓波は円城寺正隆に二度ほど会ったことがある。鉄鋼の専門商社を経営していた円城寺は、温厚で知的な紳士だった。そしてＪＴＰ株を１％保有する安定株主だった彼は、今年の一月に亡くなった。

「私は秘書室長の弓波と申します。ご主人様には大変お世話になりました。この度は心よりお悔やみ申し上げます」

「そうでございますか。主人のお知り合いだったのですね。お会いできて嬉《うれ》しゅうございます」

「こちらこそ光栄でございます。どうぞ、私がご案内いたします」

円城寺に代わって受付を済ませた弓波は、「こちらへどうぞ」と彼女を会場へ案内する。

「足元にお気をつけください」

「なにからなにまで、ありがとうございます」

二人は並んで歩く。

「御社は色々大変なご様子ですね」

「はい。我々の不徳の致すところでございます」

「主人から、御社はこれからの日本を創る会社だと聞かされておりましたので、今日を楽しみにしておりました」

「ありがとうございます。もし、ご主人がいらしたら、厳しいお叱《しか》りを受けるかと思います」

「でも、御社にも言い分はございますでしょうに」

「報道の内容が一部であっても事実なら、言い訳ではなく、間違いをどう正すかを考えなければなりません。それはちょっと違う、仕方がなかった、そんなことを社内で言い争っていても、株主の皆様には関係ありません。弊社の株を持って頂いている重みを、今日、我々は痛感することになるでしょうが、すべては己の行い。言い訳はできません」

弓波の言葉に、円城寺が柔和な微笑みを返す。

「正直な方ですね」

はっ？　と弓波は戸惑った。

「少しお話ししただけでも、まっすぐなお気持ちがよくわかります。あなたのような社員がいらしたら、御社も大丈夫ですね。安心いたしました」

「恐縮です」

会場の右端に席を見つけた弓波は、円城寺を案内した。

「こちらでいかがでしょうか」

「わざわざお席までありがとうございました」

弓波の介添えで円城寺が椅子に腰かける。

「あの……もう一つよろしいでしょうか」

「なんなりと」

「私のような者でも質問させて頂くことはできますか」

「是非お願いいたします」

「ご迷惑をおかけするかもしれませんが、よろしくお願いいたします」

円城寺が深々とお辞儀してくれる。

弓波も一礼を返す。

「どうぞ、お気遣いなく。円城寺様にお越し頂いて光栄です」

午前九時五十八分

まもなく定刻となる。

株主席は満席となり、入り切れない株主のために、急遽《きゅうきょ》、隣の宴会場に第二会場が設営された。もちろん、昨年までこんなことはなかった。

予想どおり最新の集計では、第二号、つまり取締役選任議案の賛否が拮抗している。

「株主の皆様にご案内申し上げます。本日は、株式会社ジャパンテックパワー第十一回定時株主総会にお越し頂きまして、誠にありがとうございます。開会に先立ちましてお願いがございます。議事運営の妨げとなる恐れがございますので、スマートフォン、携帯電話などの電源はお切り頂くか、マナーモードに切り替えて頂きますようお願い申し上げます」

司会のアナウンスとともに、議長を務める木下専務を先頭に、黒田他の新任も含めた全取締役、監査役、事務局と顧問弁護士が壇上に上がる。

木下を中央に、横一列で並んだ一同が株主席に向かって一礼する。

木下が議長席につく。

司会が会場を見回す。

「お待たせいたしました。定刻となりましたので、これより総会を開会いたします」

弓波たちがいる、小宴会場の空気が張り詰める。

司会の開会宣言を、木下が受ける。

「皆様、おはようございます。株主の皆様には、ご多用中のところご出席頂き、まことにありがとうございます。私は専務取締役の木下でございます。まずは、今回の不祥事につきまして深くお詫び申し上げます」

取締役全員が立ち上がって株主席に一礼する。

「週刊誌の報道、ならびに突然の社長交代と、株主様にも大変なご心配をおかけしましたことを重く受け止めております。あってはならないことであり、新たに作成した再発防止策を社内で徹底してまいります」

幸いにも会場は落ち着いている。

「新社長の黒田を含む取締役の選任議案がまだご承認を受けておりませんので、定款の定めによりまして、私、木下が議長を務めさせて頂きます。よろしくお願い申し上げます。なお、本総会の議事の運営につきましては、議長である私の指示に従って頂きますよう、ご出席の皆様のご理解とご協力を賜りたく、よろしくお願い申し上げます」

木下の議長就任宣言と開会宣言、議事進行についての注意と協力要請に続いていよいよ議事が始まる。

議決権を有する株主数と議決権総数、そして当日出席の株主数と議決権数の報告。集計の結果、定足数を満たしているとの充足宣言。監査役の監査報告。計算書類の監査結果の報告。事業報告と計算書類の内容報告が、次第に沿って滞りなく進んでいく。

「いよいよですね」と大賀が表情を引き締めた。

次の議題は、事前質問状への回答だ。ここから、報告事項への質疑応答、各議案の付議説明、審議、そして採決へと続いていく。

「第一号議案、剰余金の処分について審議を始めるにあたり、株主様よりあらかじめ頂いておりますご質問につきまして、管理本部長の桑代よりお答えいたします」

木下の紹介に合わせて、桑代が答弁席に着く。

いきなり、総会は山場を迎える。

「常務取締役の桑代でございます。議長の指名により、私が回答させて頂きます」

桑代が一礼する。

「キャピタルゲインマネジメント様より、弊社の財務状況が本年三月期は、剰余金が期を通じて20％増となり、処分可能利益も前期比９％増の１２０億円余りになっているため、一株あたりの配当額を70円にすべきとのご質問を頂きました。弊社は、当期の業績と当面の経済情勢から次期繰越金を40億円は確保したいため、70円の配当が適当とは考えません。そこで、前期同様、配当総額52億円、一株につき40円の配当を、このあとの第一号議案でご審議頂きたいと思います。以上で、事前のご質問に対するご説明を終わらせて頂きます」

淡々と説明をこなした桑代が一礼後、自席に下がる。

「それでは、第一号議案、剰余金の処分の件を付議いたします。議案の内容につきましては、お手元の招集ご通知5頁に記載のとおりでございますが、先ほど桑代からご説明しましたように、期末配当金につきましては、前期と同様、一株につき40円とさせて頂きたいと存じます。本議案についてご質問はございませんか。なお、なるべく多くの株主様からご質問を頂戴したいと思いますので、ご質問はお一人様2問までとさせて頂きます。それでは、ご質問のある方は挙手にてお願いいたします」

木下が第一号議案を会場に諮《はか》る。

モニターの中で、すぐさま崔が手を挙げた。

「ではそちらの方」と木下が指名する。

会場担当の社員が崔にマイクを手渡す。

シャツの袖《そで》をまくった深沢が、ＰＣに向かって身構える。

「49番の崔です。質問させて頂きます。剰余金だけでなく、御社の現預金は相当の額になっている。財務的には健全かもしれないが、ＲＯＥつまりその株に投資してどれだけ利益を効率よく得られるかという指標の低下を招き、株価に悪影響を与えてしまう。もっと有効活用すべきだ」

それきた、と深沢が議長席のプロンプターに回答を送る。

木下の視線が、ちらりとプロンプターを向く。

「当社はＲＯＥ10％を目標として、なにより安定的な配当をお約束しながら、配当額を超える剰余金は、事業拡大のＭ＆Ａへの必要資金として活用することや、自己株式の取得に割り振る予定です。また、当期末の自己資本比率は24％であり、剰余金が過大であるとは考えておりません」

弓波たちだけで作成したこの回答は、崔には流れていないはずだ。

崔はどう出る。

弓波たちと崔の攻防が始まった。

「しかし、繰越金を減額することはできるじゃないですか」

崔の切り返しはシンプルだった。

弓波は深沢の肩を叩いた。

「議長に、当社の体力から増配は無理だ、と強気で答えさせろ」

すぐさま、深沢がキーボードを叩く。

「先ほど桑代からご説明したとおり、現時点での増配は当社体力から適当とは考えておりません」

木下の回答に崔が反応する。

「安定志向がすぎると、資本効率の低下を招くでしょ。株主のために、内部留保を有効活用すべく財務戦略を見直して頂きたい」

「当社の事業規模や過去の資金運用状況からみて、現状程度の手元資金は必要です。一方、一定の流動比率を維持しつつ、経営環境を踏まえて事業投資に振り向けるなど、財務戦略の機動性にも当然、配慮しております」

深沢が間髪を容れずに回答を送り、木下がそつなく答える。

いい感触だった。

「本業がなかなか軌道に乗っていませんよね。現状のままで発電、給電事業を継続するのか、なんらかの判断基準があれば教えて欲しい。もし、事業計画を変更するなら、いつ頃までに行うのかお聞きしたい」

「用地取得や許認可の遅れから、事業規模が当初の計画を下回っています。しかし、潜在的な競争力は備わっているので、計画の変更は考えておりません。なお、計画を変更する判断時期について特に基準はありません。当該事業の将来性などの市場環境を分析し、中長期的に安定的な利益が見込めるか否かを総合的に判断します」

「しかしですね……」

「崔様。失礼ですが、ご質問はお一人様2問までお願いいたします」

木下の制止に、崔が渋々席に座る。

深沢が親指を立ててみせる。

その調子だ、と弓波は呟いた。

「他にご質問はございませんでしょうか」

その後、数人の株主から質問が出たものの、どれも想定内だった。

木下が会場全体を見渡す。

「それでは、質疑は十分尽くされたと存じますので、採決に移らせて頂きます。いかがでしょうか。ご賛成の方は拍手をお願いいたします」

会場から多数の拍手が寄せられる。

「ありがとうございました。過半数のご賛成と考えます。それでは、第一号議案につきまして、ご賛成の株主様は拍手をお願いします」

再び、会場から多数の拍手が寄せられた。

「ありがとうございました。議決権行使書によるご賛成を合わせ、過半数の賛成ですので、第一号議案、剰余金の処分の件は、原案どおり承認可決されました」

立ち上がった取締役一同が会釈する。

「崔なんて、たいしたことないですね」と大賀が安堵《あんど》の表情を浮かべ、「用意した回答がバッチリはまってます」と深沢は自慢げに頭の後ろで両手を組んだ。

弓波は鬚の剃り残しがある顎に手を当てた。

変だ。

会場では次の議事に移る。

「それでは、次に第二号議案、取締役十一名選任の件を付議いたします。本総会終結の時をもって取締役十一名全員が任期満了となります。つきましては、お手元の招集ご通知8頁から15頁に記載の候補者十一名を一括して取締役に選任いたしたいと存じます。本議案についてご質問はございませんか」

初めて挙手した若い男性を木下が指名する。

「139番の高田《たかだ》です。第二号議案の修正動議を提出します。原案を修正し、現取締役の片山氏を代表取締役社長に推薦いたします」

いきなり片山を社長に推す要求がきた。

しかも、高田？　何者だ。

「おい。誰か知っているか」と弓波は他の回答作成担当者に確認するが、皆が首を横に振る。

「そっちはどうなんだ！」

弓波の苛立《いらだ》ちに、背後で待機する総務の担当者が視線をそらす。

もう一台のPCで、大賀が慌てて出席者名簿を検索する。

「KCホールディングスの副社長です」

まったくノーマークのファンドだった。一人では、動議の提出や質問が制約されるため、崔は他のファンドと連携したらしい。取締役選任議案への修正動議の提出は予想どおりだったが、崔以外の者が提出するとは。

「KCホールディングスをすぐに調べろ。大至急だ」

社員が走り回り、苛立ちが飛び交う。

小宴会場が蜂の巣を突いたような騒ぎになる。

弓波の中で不安が動揺に変質する。

胸の内側が激しく波立った。

「ただいま、株主様より第二号議案について議案修正の動議が提出されました。それでは、高田様、ご提案の趣旨についてご説明を願います」

「先ほど、第一号議案の回答で、御社は本業が軌道に乗っていないことを認めましたよね。ROE10%を目標とし、配当額を超える剰余金は事業拡大のためのM&Aの必要資金として活用するとも答えた。まさに本業が苦戦する中で、株主の利益を確保するなら経営の多角化が必要だ。なら、そのためには官僚出身の社長ではなく、今までファイナンシャル本部を率いて、御社の業績をフォローしてきた片山氏が社長にふさわしいはず」

高田の提案理由は、弓波たちが用意した回答のさらに裏を突いて来た。

突然、暗闇《くらやみ》で突き飛ばされ、横面を思い切り張られた気がした。

弓波は唇の端を噛んだ。

剰余金の処分への質問は、片山を社長に送り込む修正動議への『釣り』だったのだ。崖の本当の目的は第二号議案の修正だ。

高田が続ける。

「本総会終結後に退任する取締役はなぜ退任するのですか。本人たちは納得しているのですか、特に片山氏本人から説明をお願いしたい」

壇上では、取り澄ました顔の片山が取締役の席に座っている。

「田中、名取、片山の三氏は一身上の都合により退任されます。いずれも納得のうえでの退任であり、各退任者からお答えすることはご容赦願います」

当たり障りのない木下の回答に、高田が声を荒らげる。

「なぜ？　株主が推す社長候補のコメントが聞けないのはおかしいよ」

「高田様。不規則発言は慎んでください」

「不規則発言なんかじゃない！　修正動議の趣旨にかかわる意見だよ」

にわかに議場が騒然とし始める。

一般の株主たちが顔を見合わせるモニター映像が弓波に教える。ここから先、1ミリでも対応を誤れば、議場は片山の社長選任へ雪崩《なだれ》を打つ。

「深沢。議長に、修正動議には反対である旨を明確に宣言させろ。急げ！」

「審議の方法は」

「原案を一括審議方式で先議させるんだ！」

弓波の指示を、深沢がプロンプターに送る。

モニターの中で、木下がわずかに頷いた。

「第二号議案につきまして、当社はお諮りしたとおりの考え方であり、株主様からの修正動議には反対でございます。つきましては、会社提案の原案を一括審議方式によって先にお諮りしたいと存じます」

「異議あり」と会場の左端で別の男が挙手する。

「だめだよ。そんなの！」

「あっ。えー。それでは、……そちらの株主様。どうぞ」

「93番の竹内《たけうち》だ。一括審議方式ではなく、高田さんの提案を先に扱えよ」

竹内とは。

再び、大賀が出席者名簿を検索する。

「ＳＳＣＢ。中国の国家外貨管理局によって運営されているらしい投資ファンドの役員です。日本企業の大株主として知られ、25社の株主として、有価証券報告書に登場しています」

弓波たちの小宴会場が凍りついている。

崔という男は、用意周到に網を張り巡らせていた。

弓波が迎え撃つのは、正真正銘のプロ集団だった。理念など持たないけれど、電話一本で何百億という金を動かす連中だ。

「弓波さん。このままでは……」と大賀が振り返る。

総会での手続的動議については、議場に諮らねばならないものと、議長の裁量によって決せられるものがある。

「修正動議は、もともと原案の一部修正ですから、議長の判断で原案と修正案を合わせて一括審議を強行することもできますが……」

深沢がヘッドホンの片方を持ち上げる。その声が上ずっていた。

ここを、議長の裁量権で押し切ることも可能だ。しかし、今日の分も含めた議決権行使書では、第二号議案については賛否が拮抗している。ここで下手に強行すれば、天秤《てんびん》はファンドに傾く。

とはいえ、片山を社長にする動議は、なんとしても否決せねばならない。

「無理はできない。議場に拍手で採決を求めろ。ただし、社の案に反対する株主の数を知りたいから、竹内の提案に賛成する者たちの拍手を求めろ」

回答を打ち込む深沢の指が震える。

弓波の指示に、モニターに映る木下が混乱している。

「……ただいま、株主様より修正動議を先議するよう提案がございました。それでは、皆様にお諮りいたします。修正動議の先議にご賛成の方は拍手をお願いします」

会場から多数の拍手が寄せられる。

それまで好意的だった会場の雰囲気が一変している。

会社側が、弓波が、追い込まれる。

「それでは、片山取締役の代表取締役社長への選任についてお諮りします。どなたかご質問はございますでしょうか」

「49番の崔です。質問させて頂きます」

再び、崔がマイクを受け取る。

居丈高な視線を投げつける。

「実は、御社のある幹部から、次期繰越金の40億円も含めた内部留保が、ファンドへの買収防衛策の資金だとのリークがあった。嘘《うそ》だと思うなら、四月の取締役会の録音テープを披露することも可能だ。ということは、『当面の経済情勢から次期繰越金を40億円は確保したい』、『事業規模や過去の資金運用状況などからみて、現状程度の手元資金は必要』という先ほどの説明と食い違っている。きちんと説明しろ」

「ある幹部なんて、片山しかいないじゃないか」と大賀が歯軋《はぎし》りする。

思いもしない事態に深沢の指が止まる。

暴露話に対する回答など用意していない。

「買収防衛策なんて根も葉もない噂《うわさ》だと、否定……」

弓波がそう言いかけたとき、木下が口を開いた。

「買収防衛策を検討しているのは事実ですが、内部留保がそのための資金だということはございません」

弓波は顔から血の気が引くのを覚えた。

まさか、議長が疑惑の一部を認めるとは。

桑代の話は事実だったのだ。総会の場で、都合の悪い録音テープが公開される事態を恐れた木下が、崔の暴露話を認めてしまった。

「なに日和《ひよ》ってるんだよ！」

大賀が外したヘッドホンを机に投げ捨てる。

深沢が乱暴にPCのディスプレイを閉じた。

「やってらんない。なにもかも台無しだ！」

「うろたえるな！」

弓波は二人を怒鳴りつけた。

モニターの中で、崔がニヤリと笑った。

「御社のコーポレートガバナンス・コードでは、『買収防衛のための対策は、経営陣、取締役会の保身が目的であってはならない。その導入・運用については、取締役会と監査役は株主に対する責任から、その必要性と合理性を株主に説明すべき』としているが、今回の総会では買収防衛策についてなんの説明もなかった。ようするに、会社側の取締役候補の保身が目的なんだろ。なにより、株主の承認を得ずに進めようとしているなら、コーポレートガバナンス・コードに違反している。これは重大だぞ」

崔が高圧的に続ける。

「買収防衛策が導入されれば、市場の不安感から株価が下がり、結果、株主は損をすることになる。事実を隠蔽《いんぺい》したことが原因で株価が下がった場合、責任をどう取るのか、説明してみろ！」

崔の追及に木下が押し込まれる。

今回の社長交代劇と同じく、内々に事を進めようとしたツケを、こんなとき、こんな場所で払わされることになるとは思いもしなかっただろう。

「……当社の防衛策は企業価値、ひいては株主共同の利益を確保するための枠組みであり、……防衛策の導入を理由としてマーケットから否定的な評価を受けるとは思いません」

木下の回答が虚《むな》しく宙を舞う。

もはや、しどろもどろの言い訳に聞こえる。

「その説明はおかしいんじゃないですか」「そもそも、なぜ隠していたのですか」「情報公開は株主への義務だ」と他の株主からも異議が出始める。

木下が厳しい責めに立ち往生する。

そのとき、会場の事務局席から若い社員が駆け込んできた。

「弓波室長。桑代管理本部長が、会場の東郷氏から大株主の立場で応援の意見をもらえとのことです」

「ダメだ！」

弓波は一蹴《いっしゅう》した。

弓波の怒声に、大賀と深沢が顔を見合わせる。

「東郷氏はファンドに面が割れている。このタイミングで、彼が当社寄りの発言をすれば、出来レースだと責められる。崔の思う壺《つぼ》だ」

若い社員が目を白黒させている。

弓波はスマホのラインで、「頼む」とメッセージを送った。

すると、会場で一人の中年男が挙手した。

「ちょっといいですか」

大竹だった。

「そちらの方どうぞ」と木下が指名する。

「２３７番の大竹と申します」

弓波の盟友がマイクを受け取る。こんなこともあろうかと、ファンドへ反論を投げ返すため、弓波は総務に頼んで大竹を入場させていた。

「私は小さな出版社に勤めていますが、先日、崔社長のファンドが片山氏を社長に送り込むことに成功すれば、配当増と第三者割当増資の優先権を得る約束が片山氏と交わされているネタを手に入れました。さらに、失敗した場合は、御社へのＴＯＢを予定しているとのこと。おそらく御社の取締役会も同じ情報を摑んでいたのでしょう。ならば、買収防衛策を準備するのは当然だし、悪意あるファンドが出席する総会で手の内を見せるなどもっての外では」

顔を紅潮させた崔が声を上げる。

「なんだ、あなたは。私が不正をはたらいていると言うなら証拠を示せ。録音テープでもあるのか」

「崔様。質問はお一人2問までにお願いします」

木下が注意する。

「あの男が根も葉もないデマを流すからだ」

「それはあんたも同じだろうが」

大竹が応じる。

「株主様同士の会話はご遠慮願います！」

木下が仲裁する。

「やばい」とさらに混乱し始めた会場の雰囲気に深沢が生唾《なまつば》を飲み下す。

「構わん。好きなようにやらせろ、と議長に伝えろ」

プロンプターを見ながら、木下が唖然《あぜん》としている。

大竹が崔を向く。

「日本には日本的経営というものがある。戦後の日本は、個々の社が社員の人生に責任を持つことで復興してきた。だから簡単に社員を首にしない。内部留保は、そんな日本的経営を守るために必要なんだよ」

「この時代、お前の言う古い理屈は通用しない」

「なにを偉そうに。あんたのファンドなんて会社に危機をもたらすことはあっても、会社の危機は救わないだろうが」

「我々は物言う株主として要求する」

「では、私も物言う株主として言おう。ＪＴＰの安定的な存続を望む。理由はこの会社を愛しているからだ。我々が株を保有するのは、配当のためではなく、ＪＴＰを応援したいと思うからだ。あんたのファンドは過去に、数十社を食い物にして、挙句に切り売りしてきた。ここは日本だよ。港区のタワーマンションで贅沢三昧《ぜいたくざんまい》の暮らしをしたいからって、儲けることしか頭にないあんたなんかに、ＪＴＰの経営へ口出しして欲しくない」

会場のあちらこちらで、株主同士の議論が始まる。

弓波はスマホを取り出した。

電話をかける相手は三上だ。

「今だ」

電話を切る。

やがて、会場の入り口から三上が現れた。

秩序を失いつつある会場内を三上が進む。

弓波は別の相手にラインを送る。

「弓波だ。三上課長に席を代われ」

サクラの社員が三上に席を譲る。

崔の横に三上が腰かけた。

崔の耳元に顔を寄せた三上がなにか囁《ささや》く。

崔の表情が最初は怒りに、次に憮然《ぶぜん》としたものに変わる。

会場内はまだ混乱している。

それでも、大竹の意見に賛同する者が、少しずつ崔の肩を持つ者を押し返し始めた。

デモ隊のプラカードのごとく、次々と株主の挙手が始まった。

「ご静粛に。静粛にお願いします！」

議長席で木下が声を上げる。

このくだらない総会を終わらせなければならない。

崔への手は打った。

次は、会場の良識に訴える。

公平に、冷静に意見を述べてくれる、何物にも染まっていない株主。

いよいよ東郷の出番かと思ったとき、弓波は会場の端で遠慮がちに手を挙げている円城寺に気づいた。

「深沢。人の心に懸けてみるか」

「はっ？」

「あのご婦人を指名するよう議長に伝えろ」

弓波はモニターを指さした。

「大丈夫ですか」と大賀が不安そうな表情を浮かべる。

「当社のことを一番理解し、当社の将来を誰より信じてくれている人の心に懸けてみよう」

大賀と顔を見合わせてから、深沢がぐっと顎を引いた。

「……承知しました」

深沢の指がJTPの運命を打ち込む。

「それでは、そちらの女性の方どうぞ」

木下の指名に円城寺が立ち上がる。

丁寧に礼を述べて、彼女がマイクを受け取った。

「178番の円城寺と申します。一言述べさせて頂きます。私事ですが、今年、主人を亡くしました。62年連れ添いました。そんな主人は、孫たちのために大事な会社だ、と御社の株を残してくれました。私も今年で85歳になりますから、もう長くありません。ですから、御社がどんな会社か知りたいと思いました。孫たちに話してやりたいからです。きっと、主人が信じたとおり、この国のために必要な会社なのですよね。だとしたら、70円の配当なんかより、素晴らしい日本を作って頂きたいと思います」

円城寺が雀を向いた。

「崔様とやら。もう先ほどのようなお話は結構でございます。配当やあなたが推す方を社長に据える据えないでもめるのではなく、孫たちに伝えてやれるご意見とご議論を聞きとうございます。年老いた株主の、心からのお願いです」

「そうだ！」会場から、一斉に声が上がった。

円城寺が会場に向かって深く頭を下げる。

「ありがとうございます。もしお許しを頂けるなら、御社がお諮りになっている新しい社長様から将来へのお話を伺いたいと思います。議長様。是非、お願いいたします」

マイクを戻した円城寺が、係の者に支えてもらいながら席に腰かける。

こんなとき、会社側は彼女の要望に応える義務はない。取締役選任の議案で候補者となっている者はあくまでも候補者にすぎず、会社法上の取締役として説明義務はない。だから、過去の業績や抱負などについて候補者に説明を求められても議長は却下するか、議長から回答するのが一般的だ。

「深沢。黒田氏に答えてもらうしかないと議長に伝えろ」

円城寺の願いは、弓波の思いでもある。社長なら、それぐらいは捌《さば》いてみろ。弓波は黒田へ拳を握った。

「はい」と深沢が大きく頷いた。

プロンプターを見た木下が、困ったように黒田を窺う。

事情を察したらしい黒田が、新任取締役の候補者席から立ち上がった。

黒田が答弁席に進む。

会場が静まり返る。

深沢に代わった弓波はＰＣのキーボードを叩く。

『ここからはお任せします。ＪＴＰの社長ではなく、黒田宏明の言葉をお願いします』


黒田が頷いた。

黒田が会場に、そして円城寺に一礼する。

「私が黒田でございます。円城寺様からのご質問にお答えいたします」

まずは私自身の紹介から、と黒田が語り始める。

「私は一九八四年に大学を卒業後、当時の通産省に入省いたしました。およそ38年の役人生活で、私の専門はエネルギー政策です。ですから、世界的なカーボンニュートラルの動きとかかわりながら、日本のエネルギー政策の舵《かじ》を握ってきたつもりです。しかし現実は苦いものでした。ＣＯＰでの気候変動交渉はいばらの道だった。なぜなら、交渉の場では、欧米諸国や中国は本音と建前を使い分けます。技術、発電効率、コストなどの問題は山積みで、今の経済状況を維持できる発電量の確保は至難の業なのに、彼らは現実から目を背けたまま議論を進めようとする。そして、会場の外ではすべてを政治のせいにしようとする人々が気勢を上げる。外交に長けた諸外国の理屈に翻弄され、私はどれだけ国際会議で臍《ほぞ》を噛み、屈辱にまみれ、己の非力に天を仰いだことか」

　そこで、言葉が詰まる。

「……ある年」

　黒田が言葉を切った。

　黒田が俯《うつむ》く。

　会場のすべての視線が黒田に集まり、皆が次の言葉を待っていた。

　やがて黒田が顔を上げた。

「ある年でした。温暖化の影響が顕著なアフリカのスーダンを訪れたときのことです。水源が干上がった村でした。餓死した親たちの横で、乳飲み子を背負った子供たちが給水車の列に並んでいました。明日を迎えられないかもしれないことを予感した虚《うつ》ろな視線が私を見つめていた。叩きのめされました。そのショックから、以前にも増して真剣に温暖化問題へ取り組み始めた直後、国際会議の場で著名な環境活動家たちが陰口を叩いている場に出くわした。中国を叩けばややこしくなるから日本を叩け、どうせ奴らは反撃してこないと」

　黒田が唇を噛む。

「命の話にも策略と駆け引きが渦巻いていたのです。悔しかった。本当に悔しかったから、ファーストクラスで飛んできて、リムジンで会場に乗りつけ、ウェルカムパーティーに出されるシャンパンで乾杯する。そんな連中には絶対負けないと誓いました」

弓波が知りえない世界で黒田は生き、もがいてきた。

「今回、当社の社長をお請けした理由は一つ。カーボンニュートラルの実現に向けて、当社はなくてはならないからです。この社を率いる覚悟は整えたつもりです。社員たちと一丸となって、私は人々にどこまでも続く未来を届けたい」

柔和な顔、敬意を表する顔、心奪われた顔。黒田の穏やかだが強い言葉に、株主たちが聞き入っている。

「当社のために、私は持てるものをすべて捧《ささ》げるつもりです。五年後、十年後の子供たちのために、当社が今年なにをすべきか、来年なにを達成すべきか、急いでまとめております。結果は来月、公表いたします。もし、今年の目標が達成できなければ、来年の総会で私の取締役選任議案を否決して頂いて結構です」

黒田が円城寺を向く。

「円城寺様。いかがでしょうか。私に一年の猶予を頂けますでしょうか。そして、来年、この総会で私に一年間の事業報告をする機会を頂けますでしょうか」

円城寺が穏やかな笑みを返す。

「黒田様。ありがとうございました。来年の総会にも必ず出席させて頂きます」

「お待ち申しております」

黒田が深く一礼した。

咳払い一つに気を使うほど、会場が静まりかえっていた。

三上が崔の横から立ち上がった。

カメラに向かって頷く。

大きく息を吸った弓波は、ゆっくり髪をかき上げた。

「……採決だ。採決に入れ」

「しかし崔が」

大賀が慌てる。

「崔は大丈夫だ」

「なんですって」

「深沢。議長に採決の指示を出せ」

大きく頷いた深沢がキーボードを叩く。

プロンプターに目をやっていた木下が咳払いを入れる。

「それでは……、それでは、質疑は十分尽くされたと存じますので、修正動議とあわせて採決に移らせて頂きます。第二号議案につきまして、ご賛成の株主様は拍手をお願いします」

会場から万雷の拍手が寄せられた。

円城寺が微笑んでいる。

崔は動かない。

「ありがとうございました。議決権行使書と合わせ、過半数のご賛成でございますので、第二号議案、取締役十一名選任の件は原案どおり承認可決されました。したがいまして、先ほどの修正動議は否決されたものと取り扱わせて頂きます」

役員一同が立ち上がって会釈する。

やった、と深沢と大賀がハイタッチを交わす。

続いて、第三号議案の監査役一名選任の件が滞りなく承認された。

木下が会場を見回す。

「以上をもちまして議事はすべて終了いたしましたので、本総会を閉会いたします。株主の皆様には、熱心にご審議を頂きまして、まことにありがとうございました。なお、議事の終了後で誠に恐縮でございますが、新たに選任されました全取締役および監査役を、改めて皆様にご紹介させて頂きたいと存じます」

木下の紹介に合わせて、それぞれの取締役が立礼する。

株主が拍手で応える。

総会が終了した。

他の取締役たちに混じって、うなだれた片山が壇上から下りる。

弓波はパイプ椅子に力なく座り込んだ。周りの景色が色あせ、雑音が遠ざかる。緊張が緩むと、体が震え始めた。

「室長。なぜ崔は」

大賀はまだ総会の結果が信じられない様子だった。

「三上に説得させた。片山と崔の総会工作、三上の機密情報持ち出し、それらすべての証拠を揃えた会社は京浜銀行、経産省と東郷の支持を得て、ＣＧＭによる風説の流布、相場操縦、内部者取引、不正な手段による企業情報の入手などの行為に対する訴訟の準備を整えつつある。裁判を起こされたくなかったら、引き下がれとな」

「よく三上が応じましたね」

「今のままだとお前は会社から訴えられる。私の要求を呑めば懲戒免職とはせず、一階級降格にとどめ、かつ本社勤務の処分でとどめる。どちらか選べと迫った」

「三上は取引に応じたのですね」

「崔と心中するか、私と心中するか、奴に決めさせた」

すごい、と大賀と深沢が小さく首を横に振る。

「弓波君」

どこかで声がした。

総会場から戻った黒田が、弓波の前に立っていた。

「弓波君。ありがとう」

弓波は不愛想に一礼した。それぐらいの無礼は許して欲しい。

黒田が握手を求めてきた。その手を握り返そうとしたとき、モニターで会場を後にする崔が映し出された。

「失礼します」と立ち上がった弓波は黒田の横をすり抜けて、小宴会場を駆け出た。

ダイヤモンドルームの入り口で、ポケットに両手を突っ込んだ大竹が立っていた。その目がエスカレーターで1階に降りようとしていた崔を教える。

弓波は頷いた。

大竹が親指を立て返す。

会場から出てくる株主の列をかき分けた弓波は、崔に追いついた。

「社長」

弓波は崔を呼び止めた。

崔が振り返る。怒りに燃えた目が弓波を向いた。

「黒田への拍手を聞いたろう。札束を数える手でする拍手とは大違いだ」

「なんだと！」

崔が弓波に摑みかかろうとする。

「やめろ」と弓波を追ってきた深沢と大賀が崔を押し戻す。

突っかかる崔の鼻先に弓波は顔を寄せた。

「だから言ったろう。俺の顔をよく覚えておけと！」

午後七時
千葉県　船橋市　本中山三丁目

いつもよりずっと早く家に着いた。

いつもよりずっと疲れていた。

弓波の中で、なにかが燃え尽きた。次の火を灯《とも》す気にはなれない。

玄関のドアを開けると、シューズ・ボックスの上に置かれた花瓶に紫陽花《あじさい》の花が活《い》けてあった。

「ただいま」

声まで疲れている。

「おかえりなさい」と理恵子が奥から出てきた。

弓波の鞄を受け取ってくれる。

「晩御飯を食べるでしょ」

「ああ」

「じゃあ、着替えてきて。そのあいだに準備しておくから」

階段を上がった弓波は、寝室で着替えを始める。ベッドの上で折りたたまれた普段着はいつもどおりだった。

1階のリビングに戻る。

テーブルの上に置かれたキーホルダーの達磨が、理恵子と一緒に迎えてくれる。

「ごめんなさい。たいしたものはないわよ」

理恵子らしい、心尽くしの料理が並んでいる。

「でもね。これだけは駅前のワインショップで奮発しちゃった。お祝いの乾杯しない？」

理恵子が冷蔵庫からシャンパンのボトルを取り出した。

「お祝い？」

「あなたが、無事にお務めを果たしたお祝いよ」

「俺独りの力じゃない」

「そう。じゃあ、いい人たちに恵まれたのね」

「恵まれたのは、同僚や部下だけじゃない」

「他にも誰かいたの」

「いい嫁さんにだ。……ありがとう」

一瞬言葉に詰まった理恵子が俯く。

「もう、やだ……」

照れ隠ししながら、理恵子がそっと目尻《めじり》を拭《ぬぐ》う。

弓波は、もともと口下手だからうまく伝えられない。

こんなときでも、「ありがとう」としか言えない。

でもお世辞なんかじゃない。

他に気の利いた台詞を思いつかないだけだ。

やがて、理恵子が顔を上げた。

「突然、お礼なんて言うからびっくりするじゃない」

いつもの笑顔が弾けた。

シャンパングラスなんて洒落たものはないから、いつものグラスタンブラーに理恵子が冷えたシャンパンを注《つ》いでくれる。

「乾杯」

「乾杯」

騒動のことは一切話さない。旅行のこと、理恵子の最近の話題。しばらく、他愛のない会話を交わす。

特別な夕食だけれど、今日はいつもと違うことがもう一つある。

大事な話がある。

理恵子にきちんと話さねばならない。

もしかしたら、愛想を尽かされるかもしれないけれど。

上目づかいに、そっと妻の様子を窺う。理恵子はいつものように、井戸端会議の報告に夢中だった。

弓波はそっと箸を置いた。

「会社を辞めて松山へ戻ろうと思う」

理恵子の箸も止まる。

進路指導の先生を思わせる表情で、理恵子がグラスにシャンパンを注いでくれた。

「今回の件で社内が混乱した。その責任を取らねばならない」

「あなたらしいわね」

「いいかな」

「もう決めてるくせに」

「すまんな」

「謝るなんて水臭いわね。ここのところ大変だったから、少しゆっくりしたら」

「それからこれ」と理恵子が書類を取り出す。「松山のデイサービスのパンフレットよ」

「お前は行かないって」

あのね、と理恵子が少しだけふくれっ面をつくる。

「あなた、本当に私の話聞いてないわね。仕事続けながら、半分東京、半分松山で暮らすなんて中途半端なやり方だったら、介護なんてできないと言っただけよ。でも、あなたは松山へ帰るって決めたんでしょ。なら、私はついて行くしかないわ」

老いては妻に従え。弓波家では、そういうことらしい。

「意地と拘《こだわ》りで会社を辞めることを決めてしまう。自分でも、ほとほと損な性格だと思うよ」

理恵子は気にも留めない様子だった。

「損をすることになっても、あなたは筋を通してきた。それを評価するかどうかは、相手の器の問題よ」

「でも収入が減るから生活は厳しくなるぞ」

「穏やかな日々ならそれでいい。贅沢にはお金が必要だけど、穏やかな日々に必要なのは心でしょ」

心……。

冠を失うことになっても絆《きずな》は残る。

そこに心があれば。

テーブルの隅でこちらを向いた達磨のアクセサリーが、笑っているように見えた。

終章

東京都　千代田区　富士見一丁目　株式会社ジャパンテックパワー　七月七日　月曜日　午前十時

黒田体制がスタートした。

12階の社長執務室。

後ろ手に立つ大賀の斜め前で、黒田が右手の指先でペンをいじくりながら、左手で頰杖《ほおづえ》をついていた。彼にとっては、総会を乗り切り、これからだというときに頭を抱える事件が起きた。

混乱の終息を見届けた弓波が、独り、身を引くと言ってきたのだ。

社長の執務室は主《あるじ》が変わっても、内装や建具と造りつけ家具はそのままにしている。どんな部屋で仕事をするかなんて、黒田はまるで興味がないらしい。だから、二面採光の角部屋の特徴を活《い》かしたクリアガラスの間仕切りも以前のままだ。

ホワイトマーブルを使って、白を基調とした上質で清潔感のある室内で、弓波が黒田の前に立っていた。

「退職願を提出したというのは本当かね」

「はい」

「理由を聞かせてくれないか」

「私の居場所はもはやありません」

弓波の横には、大賀と深沢が控えている。自分だけでは弓波を説得する自信がない黒田は二人を同席させた。

「君の後任を指名などしていないぞ」

「今回の騒動で社内に亀裂《きれつ》が入りました。やむなき理由があったにせよ、あのような形であなたを選ばねばならなかったことが正常とは思いません」

「その批判は甘んじて受ける」

「何人かの社員が人生を踏み外すことになりました」

解任された片山はまだしも、原田は東北支店の経理部へ異動が決まり、三上は総務部付の係長に、横田を含む四人の部下たちは戒告処分となった。三上は独りで事を起こせる玉ではない。他人の傘の下でしか生きられない。しかし、経理上がりの彼に総務の傘はない。一から出直すには歳《とし》を取りすぎている。

「それは君のせいではない」

「結果として、私は騒動に加担してしまいました。その責任を取らねば下の者たちは納得しないと思います」

「社には君が必要だ」

「今お伝えした私の気持ちをどうお考えですか。派閥争いなんて、あんなみっともないことは、もうたくさんです」

弓波が、今回の騒動について、彼なりの仮説を伝える。

今春から取締役会の刷新を画策していた経産省と京浜銀行は、東亜出版にネタを流して記事を書かせ、黒田を社長に送り込むと同時に、ファンドとの攻防に利用することにした。社内的には、田中が姿を消すことで前任が後継者を指名しない状況を演出し、実力勝負の後継争いを煽る。派閥争いが激化するほど、名取と片山は社長にふさわしくない、と社外取締役や世間に印象づけられる。

もう一つは、中国系ファンドへのネガティブな印象を株主に持たせることだ。社の危機をアピールすることで、混乱の収拾がなにより大事だとのコンセンサスを株主に共有させ、総会でファンドの修正動議を否決し、社の提案議案が通る流れをつくる。

思えば、『週刊東京』の記事に合わせた田中の失踪《しっそう》、その後の名取の辞職と病室でのなにやら訳ありの態度、片山の追放、パパラッチの寺岡の匂《にお》わせ発言、桑代の含みのある反応、すべての辻褄《つじつま》が合う。

そして、弓波を九州から呼び戻したのは、抗争とは無縁で、総会でめった打ちされても立っていそうな人間を弾除《たまよ》けにするため。

片山や三上だけではない、弓波も踊らされたのだ。

「弓波君。ファンドとの戦いはまだ続く。私が裸の王様にならないためにも、時に耳の痛いことを言ってくれる番頭が必要だ。君には役員社長室長になって欲しい。もし一年経《た》って、社長としての私が君のお眼鏡に適《かな》わないなら好きにしてもらって構わない」

「お断りします」

「断ることは許さない」

弱気を悟られたくないから、黒田がわざと不機嫌な表情を作った。

「なぜでしょう」

弓波はビクともしない。

「私たちは仲良し倶楽部《クラブ》ではなく、ビジネスの話をしている。この業界で我が社が責任を果たすために、君は、いた方がよい人間ではなく、いなくてはならない人間だ。それだけのキャリアを積んだ君ならわかるはずだ」

「私は責任を果たしました」

「それは、十分承知している。しかし……」

「お断りします」

一礼した弓波が、部屋を出て行く。

社長だからといって、なんでも思いどおりになるほど世の中は甘くない。

弓波に見放された三人が執務室に取り残された。

腕組みした黒田が頭を後ろにそらす。

ほとほと困り果てた様子だった。

「大賀君。どう思う」

「どうもこうもありません」

大賀は無表情で返した。深沢はよそ見している。

「彼を翻意させて欲しい」

「引き止めろと」

「そうだ」

「難しいですね。総会対応などより、はるかに難しい」

「わかっているよ」

「いいえ。わかっていらっしゃいません。社長はまだ弓波さんが弓波さんである所以《ゆえん》をおわかりではない。呆《あき》れるぐらい頑固で、まるで欲がなく、とことん筋を通す人ですよ」

大賀の脳裏を、総会までの日々がよぎる。

苦悩と不安の十三日間だった。

ところがなぜか、二度とごめんだと思う記憶がこれからの大賀を支えてくれる予感がしていた。

これればかりは説明してもわかるまい。

他の者にわかるわけがない。

「大賀君。とにかく頼む」

どこからか黒田の声が聞こえた。

大賀は社長の執務室にいたことをすっかり忘れていた。

「誰《だれ》を説得するかおわかりですか」

「弓波君じゃないか」

違います、と大賀は首を振った。

鳩《はと》が豆鉄砲を食ったように、黒田が目を丸くする。

「……じゃあ、誰だね」

「達磨《だるま》です」

「達磨？」

「そうです。それも……」

西の窓から初夏の青空が見えた。

鮮やかな夏天の真ん中で、隆々たる入道雲が一つ、まっすぐに天を目ざしていた。

「不屈の達磨です」

〈主要参考文献〉

『2021年　株主総会質疑応答集　財務政策』太田達也著　ロギカ書房
『新しい取締役会の運営と経営判断原則』長谷川俊明著　中央経済社
『取締役・取締役会制度』近藤光男著　中央経済社
『機関投資家の議決権行使方針及び結果の分析　2020年版』森・濱田松本法律事務所編　商事法務
『株主総会想定問答集　2021年版』河村貢他著　商事法務
『令和元年改正会社法②』別冊商事法務編集部編　商事法務
『2021年版　株式実務　株主総会のポイント』三井住友信託銀行ガバナンスコンサルティング部編　財経詳報社

その他、新聞・ネット上の記事などを参考にさせていただきました。

解説

関口苑生

戦後日本の大衆小説において、昭和30年代から40年代にかけて一大ブームを巻き起こしたジャンルにサラリーマン小説がある。

そこには会社乗っ取りなどの悪辣《あくらつ》な陰謀やお家騒動を阻止すべく、快男児社員が奮闘努力する涙と笑いの痛快な物語や、サラリーマン生活の悲哀が人間行動のおかしさ、奇妙さに繋《つな》がっていく姿が、ユーモアも交えて哀愁たっぷりに描かれていた。

だが、こうした明朗サラリーマン小説の流れは、高度成長期がピークを迎えたあたりからやがて次第に途絶えていく。その代わりに登場したのが、新しいタイプの企業小説・経済小説であった。これらは、それ以前の小説が会社組織と会社員のあるべき姿というか、一種の理想を描いていたのに対し、もっと直接的な〝現実〟が描かれていた。

実在の企業や業界、人物などをモデルにしたり、実際に起こった経済事象や経済事件を下敷きにしたりと、読者にとってより身近で深刻な内容になっていったのである。当時ある評論家がこうした風潮を、東映のヤクザ映画が義理と人情を主題にしていたものから、実録物へと移行していった経過と酷似していると指摘していたことを思い出す。

しかし〝現実〟は、その後誰《だれ》にも予測し得なかったものすごいスピードで変化し、進化していく。詳しく述べる余裕はないが、ＩＴ技術や電子機器などの飛躍的発展により、情報は瞬時に世界を駆けめぐり、企業形態にしても、働き方にしても、あるいは事業内容にしても、かつてとはまったく異なった形で再構築され、またたく間に浸透していったのである。加えて、マネーという脅威、怪物が顕在化し、利に聡《さと》い外資系投資ファンドなどが、日本企業を食い物にしようと、鵜《う》の目鷹《たか》の目で襲いかかってきたのだった。

こうなってくるともう、企業小説が今後どのようなものになっていくのか、想像すらつかなくなる。

とはいえ、である。どのような形になろうとも、そこに描かれる核の部分は、結局のところ人間ドラマにならざるを得ないのでは――というかそれが最も読者の心を打つ面白い物語になる、とひそかに信じてもいるのだった。

そのひとつの答がここにある。

安生正は、ベストセラーとなった〈ゼロ〉シリーズなどの災害パニック・サスペンスで知られる作家だが、もうひとつ一部上場企業に勤める現役執行役員という顔も持っている。そういう人物が本書『社長人事　社長の椅子と不屈の達磨』ではこれまでの作風を一変させ、企業と人間、組織と個人、および上司と部下の関係といった、サラリーマン社会における不朽のテーマに、今さらのごとく真っ向から取り組んだのだ。しかも物語は、引退する社長の後任人事をめぐる、副社長派と常務派の熾烈《しれつ》な社内抗争劇と暗闘の内情という、これまたいかにも古典的な内容である。だが、これが実に凄《すさ》まじい。かつまた、怖いほどに圧倒的な迫力に満ち溢《あふ》れた物語に仕上がっているのだ。おそらくは作者自らの経験も相当込められているのだろう。それだけに、物語のリアリティも、登場人物たちの行動と造形も、何もかもが素晴らしく、張り詰めた緊張感を抱いたまま時を忘れてぐいぐいと読ませるのだ。

主人公の弓波博之《ゆみなみひろゆき》は、事業者向けに電力の運用・設備・調達を手がける、業界では二番手の企業の管理本部秘書室長だ。二年前、彼は上司の命に逆らい、怒りを買って九州支店に左遷されていた。それがようやく復帰が叶《かな》って、本社に戻ってきたばかりだった。ところが、週刊誌が会社のスキャンダル記事を掲載、社長が失踪《しっそう》するという事件が起こる。この事件を契機に、それまでも燻《くすぶ》っていた社内抗争が一気に表面化し、より激化していくのだった。副社長派と常務派それぞれの陣営が、なりふり構わず無謀な行動に走り始めたのだ。対外的にはメインバンクや大株主、さらには中国系の投資ファンドにまで協力を要請し、社内的には敵陣営が不利になるような情報を入手するための工作を進めていく。その手段はもはや何でもありだ。恫喝《どうかつ》や誘惑はもとより、卑劣極まりない手練手管の数々がこれでもかとばかり、次から次へと繰り広げられていくさまは、さながらパニック小説を読んでいるようだった。人間の〝業〟と〝欲〟がひしめいているのである。

こうした状況を見ると、サラリーマンの世界とはつくづく身分社会であり、強固な制度から成り立っているのだなと考えさせられる。求められるのは、倫理観ではなく忠誠心なのである。その中にあって、彼らは生き残るための処世術や生き方を学んでいくのだ。最近の若者はドライになったというが、これだけは今も昔も変わらない。

どちらの派閥にも属さない弓波は、会社や上司への愛着と憎悪、反抗心と帰属心など、さまざまな気持ちが混ざり合いながら、ひたすら事態の収拾を図ろうと邁進《まいしん》するのだったが……。

組織が抱える矛盾と不合理を背景に、見事な人間ドラマを書き上げた作者は、本書によって新たなるスタートを切ったのではなかろうか。そんな予感を抱かせた、まれに見る傑作である。

（せきぐち・えんせい／文芸評論家）

本解説は、雑誌『ランティエ』（二〇二二年六月号）に掲載されたものです。

本書は二〇二二年四月に小社より単行本として刊行されました。

Haruki Bunko
ハルキ文庫

あ 41-1

社長《しゃちょう》人事《じんじ》 不屈《ふくつ》の達磨《だるま》と社長《しゃちょう》の椅子《いす》

著者 安生《あんじょう》 正《ただし》

2025年3月18日第一刷発行

発行者 角川春樹

発行所 株式会社角川春樹事務所
〒102-0074 東京都千代田区九段南2-1-30 イタリア文化会館

電話 03(3263)5247(編集)
03(3263)5881(営業)

印刷・製本 中央精版印刷株式会社

フォーマット・デザイン 芦澤泰偉
表紙イラストレーション 門坂 流

ISBN978-4-7584-4697-6 C0193 ©2025 Anjo Tadashi Printed in Japan
http://www.kadokawaharuki.co.jp/[営業]
fanmail@kadokawaharuki.co.jp[編集] ご意見・ご感想をお寄せください。